秘剣 音無し

栄次郎江戸暦11

小杉健治

時代小説

二見時代小説文庫

目次

第一章　裂けた袖　7
第二章　三味の音　85
第三章　師匠の技　164
第四章　幽鬼の剣　242

秘剣 音無し——栄次郎江戸暦11

第一章　裂けた袖

一

端午《たんご》の節句が過ぎたが、家々の屋根の上にはまだ鯉のぼりが五月の風を受けてたなびいている。

梅雨の晴れ間で陽光が明るく射している。貴重な五月《さつき》晴れの陽気に誘われ、着流しに二本差しの矢内栄次郎《やないえいじろう》は本郷の屋敷を出て湯島の切通しを下る途中、湯島天神のほうに足を向けた。

境内に水茶屋や矢場などが並び、参詣客でごった返している。栄次郎は拝殿の前に進んだ。

部屋住《へやずみ》の栄次郎は武士としては日の目を見ない暮しを送っている。子どもの頃から稽古に励んで来た田宮流抜刀術《たみやりゆうばつとうじゆつ》の腕前は今や道場の師範を勝るほどだが、武芸が武士の道を切り開く時代ではなかった。

どこぞの家に婿《むこ》に入るか、養子に出るか、そういったことがない限り、ほとんど部屋住の次男、三男坊に先の見通しはなかった。

だが、栄次郎はそういう境遇をかえって楽しんでいた。確かに、屋敷では肩身が狭いが、自分だけの時間がたくさんあるのだ。自由がある。好きなことがやれるのだ。

栄次郎の細面《ほそおもて》のすらりとした体つきには気品を漂わせるものがあるが、どこか芝居の役者のような柔らかい雰囲気もある。それは男の色気に近いものかもしれない。

その色気のもとは栄次郎が三味線弾きであることと無関係ではない。栄次郎は鳥越《とりごえ》の長唄の師匠杵屋吉右衛門《きねやきちえもん》門下に入り、三味線を習っている。今では、杵屋吉栄《きちえい》という名をもらっている名取《なとり》だ。

栄次郎は武士でありながら芸人という顔を持っているのだ。

拝殿に向かい長い間祈ったのは芸の上達である。いつか、刀を捨て、三味線弾きとして生きていきたいと思っている。諸々の事情により、それが許されるかどうかわからないが、栄次郎はそうなりたいと思っているのだ。

手を打ち、一礼してから、拝殿の前を離れる。後ろには参拝の順番を待つひとが並んでいた。

男坂《おとこざか》に差しかかったとき、突然悲鳴が上がった。そのほうに目をやると、女坂《おんなざか》の途中で、女ふたりが三人の柄《がら》の悪い連中にからまれていた。

ひとの難儀を見捨てておけない性分である。お節介病と揶揄《やゆ》されるほどであり、栄次郎はただちにそこに駆けつけた。

荒くれ男たちが女に迫り、お供の女中らしき年増《としま》がしきりに頭を下げていた。

「ちょっとだけだ。ちょっとつきあってもらいてえんだ」

体の大きな男がふたりに迫る。

「どうぞ、お許しください」

女中が泣きそうな声で訴えている。

「ならねえ。そんなにいやがるなら、意地でもつきあってもらうぜ」

「無理強いするのはどうかな」

栄次郎が背後で言うと、三人が振り返った。

「なんだ、サンピン。引っ込んでいろ」

体の大きな男は馬面で、汚い歯ぐきを剝き出してうるさそうに怒鳴った。

「こんな場所で無法なことをすると、罰《ばち》が当たりますよ」

「おまえさんには関わりねえことだ。怪我しないうちに引っ込むんだ。さあ、邪魔だから、引っ込め」

「大の男がか弱い女ふたりをいじめているのを見て見ぬ振りは出来ません」

「なんだと、この野郎」

馬面に朱が差した。

「生意気な口をききやがって」

いきなり胸ぐらを摑みに来たので、栄次郎はその手首を摑んでひねり上げた。

「いてえ」

大の男が馬面を歪めて絶叫した。

「てめえ」

他のふたりが匕首《あいくち》を抜いた。近くにいた男女が悲鳴を上げて後退《あとじさ》った。

「やめるのだ。他のひとに迷惑がかかる」

「うるせえ」

ひとりが匕首を振りかざして来た。馬面の男を放し、身を躱《かわ》しながら匕首を持つ手首に手刀を加えた。

悲鳴を上げて、男は匕首を落とした。

もうひとりの男が匕首を腰に構えたまま突進してきた。闇雲の突進である。栄次郎は横に飛び退きながら相手の手首を摑み、思い切りひねった。男は一回転して背中から地べたに落ちた。

野次馬から喝采が起こった。

「ちくしょう。覚えていやがれ」

落とした匕首を拾い、三人の男は女坂を駆け下りて行った。

「あぶないところをありがとうございました」

女中が栄次郎に近付いた。

「お怪我はありませんでしたか。お気をつけて」

娘のほうにも会釈をし、栄次郎は引き上げようとした。

「お待ちください」

娘が呼び止めた。

「お名前を？」

二十二、三歳の年増《としま》だが、美しい娘だった。

「名乗るほどの者ではありません。お気になさらず」

栄次郎は三人の男たちが逃げて行った女坂を下った。参詣客がどんどん上がって来る。

下りてから左右を注意したが、三人が待ち伏せしている気配はなかった。

いつもは元鳥越町にある師匠の家に向かうのだが、きょうは稽古日ではないので、まっすぐ浅草黒船町《あさくさくろふねちょう》のお秋《あき》の家に向かった。

お秋は矢内家に年季奉公に来ていた女だ。偶然に町で再会したら囲われ者になっていた。旦那は八丁堀《はっちょうぼり》の与力だった。

屋敷で三味線の稽古が出来ない栄次郎のために二階の小部屋を貸してくれた。以来、栄次郎は毎日のようにその家に通っているのだ。

大川に面して入口がある。栄次郎が土間に入って行くと、お秋が出迎えた。

「お帰りなさい」

最初は、いらっしゃいと言っていたが、いつの間にか言葉が変わっていた。

お秋は二十八歳である。奉公していたときは痩せていて、すぐ顔を赤らめて恥じらう初々《ういうい》しい女だった。今はふっくらとして肉感的な感じだ。

「お邪魔します」

腰から大刀を外し、栄次郎は梯子段《はしごだん》を上がって二階の小部屋に行った。

床の間に刀掛けがあり、その横に三味線が置いてある。栄次郎は刀を掛けた。

それから、窓辺に寄った。窓の外は大川で、すぐ右手に御厩河岸ノ渡《おうまやがしのわたし》があり、渡し船が対岸の本所《ほんじょ》と行き来している。

柳橋《やなぎばし》の船宿から出発したのか猪牙舟《ちょきぶね》が走って行く。あと半月ほどで、両国の川開きだ。本格的な夏の到来まであとわずかだ。

「あら、栄次郎さん」

背後で、お秋が妙な声を上げて近寄ってきた。

「これ、どうしたんですか」

お秋が栄次郎の着物の右の袂《たもと》をとった。

「何かついてますか」

さして気にせずに、栄次郎は袂を見た。

「これ」

お秋が袂をつまんで見せた。

「あっ、これは？」

栄次郎はあわてて右肘を上げて袂を広げた。鋭い刃物で切ったようにきれいに裂けていた。目を疑った。

「どうしたんですか」

お秋が心配してきいた。

「気がつかなかった」

栄次郎は呆然とした。

何かに引っかけて裂けたのではない。第一、引っかけた覚えはなかった。明らかに鋭利な刃物で裂かれたものだ。

その覚えもまったくなかった。

まるでかまいたちのようだ。しかし、かまいたちなら皮膚が切られるだろうし、この時期にかまいたちが発生するとは考えづらい。空気が乾燥した冬場の寒い時期に多く見られる現象だ。

はじめから切れていたのに気づかず、着てしまったのか。いや、そのようなことはありえない。こんなに切れているなら袖を通すときに気づくはずだ。

やはり、屋敷を出てからだ。唯一、思い当たるのは湯島天神での騒ぎだ。

商家の娘と女中が無頼漢にからまれていたのを助けた。その際、相手は匕首を抜いて襲いかかった。

ひとりは身を躱して手刀で手首を打って匕首を落とした。もうひとりは、匕首を持った手の手首を摑んで投げ飛ばした。

何らかの形でこのときに匕首の刃が袂に触れたということは考えられない。百歩譲って、そうだったとしても、栄次郎は左手でひねったのだ。袂が切れるとしたら左の袂だ。

だが、実際に切れているのは右の袂だ。

それよりなにより、栄次郎は何の気配も察していないのだ。もし、刃物で襲われたのだとしたら殺気を覚えているはずだ。屋敷を出てからここに来るまで、栄次郎は何の不審も感じなかった。

「栄次郎さん。ともかく縫っておきますね。ちょっと待って」

お秋は部屋を出て行き、すぐに着物を持って戻って来た。

「これに着替えて」

「でも、崎田《さきた》さまに悪いでしょう」

崎田孫兵衛《まごべえ》がお秋の旦那だった。

「これは、栄次郎さんのよ。私が作っておいたの。さあ」

「すみません」

栄次郎は帯を解き、着物をぬぐと、背中に立ったお秋がさっと新しい着物を着せ掛けた。薄い青地に白い水玉の涼しげな柄《がら》の単衣《ひとえ》だ。

帯を締め直したが、まだ気持ちは静まらなかった。自分が気づかないうちに袂が切れていた。もし、切られたのだとしたら深刻だ。

お秋が栄次郎の着物を持って部屋を出て行ったあと、舞台で使う本番用の上等な三味線を取り出した。ふだんは使わないが、梅雨時は皮が破れやすいのでその予防のために袋から出してちょっとだけ弾いてみようと思ったのだ。

だが、袋から出して、あっと目を瞠《みは》った。皮が破れていた。梅雨時の湿気は三味線の大敵だ。十分に注意をしているつもりだったが……。

いい三味線は猫の皮を限界まで引っ張り伸ばして胴体に貼ってある。いい音が出るが、皮が切れやすい。

帰りに、田原町《たわらまち》にある三味線屋に皮の張り替えを頼もうとため息をついてから、栄次郎はいつもの稽古用の三味線を取り出した。

気を取り直して、稽古をはじめた。今稽古をしているのは、長唄の『吾妻八景《あづまはっけい》』だ。江戸の名所を唄ったものである。日本橋、御殿山《ごてんやま》、高輪《たかなわ》、駿河台《するがだい》、浅草寺《せんそうじ》、隅田川《すみだがわ》などの名所が唄われている。

来月の日本橋葺屋町《ふきやちょう》の『市村座《いちむらざ》』で演じられることになっていて、栄次郎も地方《じかた》で出ることになっている。

本調子の前弾きから弾きはじめたが、すぐ手が止まった。

やはり、袖が切られていたことが気になってならない。袖ですんだからよかったが、一歩間違えれば肘、あるいは二の腕が切れていたのかもしれないのだ。

もし、そうだったら、三味線を持つことが出来なくなる。そう考えただけでも、ぞっとするが、なによりも不安なのは、いつやられたのかわからないことだった。

三人の無頼漢と対峙《たいじ》したとき、栄次郎の気づかない何かがあったのか。あるいは、三人以外にもうひとりいたのか。

いや、それならそれで気づく。

まったく気づかれずに袖を切られるなんて考えられないことだ。そのことだけでも、落ち着かなくさせた。

調べようにもどうする術《すべ》もない。このまま手をこまねいているしかないのか。だが、やはり、あの無頼漢とやり合ったときしか考えられない。

あの三人の中の誰かが栄次郎が予想もしなかったことをしたのではないか。どんなことかわからないが、それは偶然の出来事だった。だから、栄次郎も気づかなかったのだ。

よし、あの三人を探してきいてみよう。湯島界隈を縄張りとしている地回りに違いない。三人に聞けば何かわかる。そう思うと、どうにか落ち着いて来て、三味線を弾きはじめた。


翌日の昼前、栄次郎は湯島天神に赴《おもむ》いた。

あの三人を探した。社務所で御札を売っている巫女《みこ》に三人の地回りについてきいた。

だが、わからなかったが、境内にある茶店の婆さんが、馬面の男を又蔵《またぞう》だと教えてくれた。


「住まいはわかりますか」

「いえ、わかりません。でも、いつも矢場《やば》で遊んでいますよ」

参道の一番手前にある矢場だという。

礼を言い、栄次郎は鳥居を出た。

矢場女が暇そうにしている。こんな早い時間から客は来ないのかと思っていたが、
店の中から太鼓の音がした。

客の射った矢が的《まと》に当たったのか。やはり、客はひとりだけだ。その客は又蔵ではなかった。

「お侍さん。遊んでいきましょうよ」

女が流し目を送りながら誘う。

「ひとを探している。又蔵という地回りだ」

「又蔵？」

女は眉根を寄せた。

「お侍さん。あの男のなんなの？」

「きのうちょっとわけがあって関わっただけだ。どうしてもききたいことがあって探している」

「そう。たいてい、夕方にはここに来るわ」

「そうか。では、そのときに来よう」

栄次郎は踵《きびす》を返した。

「待ってよ。遊んでいかないのかえ」

「すまぬ」

「今遊んでいるのは又蔵さんの弟分よ」

「なに、弟分？　いつも三人でつるんでいる仲間か」

「ええ、釜吉《かまきち》さんよ」

栄次郎はもう一度、中を覗いた。

矢取り女から矢を受け取った男は確かに、栄次郎が投げ飛ばした男に似ている。

「間違いない。きのうの男だ」

栄次郎は呟《つぶや》いた。

「そうでしょう。呼んで来ようか」

「いや。せっかく楽しんでいるのを邪魔しては悪い。ここで待っている」

「そう……」

ちょうどそのとき、商人ふうの男がやって来たので、女はその男の手をとって店の中に連れ込んだ。

きゃあという女の悲鳴は、射た矢を拾い集めている矢返しの女の尻に、釜吉が矢を命中させたのに違いない。

その弟分が出て来たのは、それから四半刻《しはんとき》（三十分）後だった。

栄次郎は男が店を出てから声をかけた。

「釜吉さん」

「誰でえ。俺の名を気安く呼ぶのは？」

立ち止まって振り返った釜吉はあっと声を上げた。

「てめえは昨日の？」

あわてて身構えた。

「待て。又蔵に会いたい」

「なに、又蔵兄いに？　何の用でえ」

「少しききたいことがあるのです。もうひとりの男といっしょがいい」

「………」

「そんな顔をしないで。お願いします」

「どんな用だかわからねえのに、兄いのところなんて案内出来るわけねえ。いいか、兄いはまだひねられた腕が痛いって言っているんだ」

「それは申し訳ないことをしました。でも、どうしても会わなければならないんです。ご迷惑でも押しかけます」

「押しかけるだと？」

釜吉はちょっと色をなしたが、すぐ諦めたように、

「じゃあ、どっかで待っててくれ。連れて来る」

「かたじけない。では、そこの鳥居のところで待っています」

「わかった。すぐ来られるかわからねえが」

「出来たらもうひとりのひとといっしょに」

「ちぇ、わかった」

着物の裾をつまんで、後ろを振り返りながら参道を鳥居と反対の方向に小走りに去って行った。あとをつけられることを警戒したのだろう。

栄次郎は鳥居の横に立った。

ひとの流れが多い。栄次郎は又蔵たちとやりあったことを思い出していたが、やはり袖を切られた瞬間に思い至らなかった。

又蔵たちがやって来たのは半刻（一時間）近く経ってからだった。

少し離れたところで立ち止まり、こっちを睨み付けている。やはり、又蔵は敵意を剝き出しにしてやって来た。

栄次郎は近付いて行った。

「きのうはどうも」

栄次郎は声をかけた。

「なんでぇ。俺に何の用があるんだ？」

「訊ねたいことがあります。じつは、あのあと私の右袖が刃物で切られていた。私はいつ切られたのかまったく心当たりがないのです。あるとすれば、あなたたちと争ったことだけ。もし、あなたたちの誰かの仕業だとしたら、どうやって切ったのか、それを知りたいのです」

　又蔵はふたりの男と顔を見合わせてから言った。

「それは俺たちじゃねえ」

「あのとき、あなたたち以外に仲間がいたのでは？」

「いや。俺たちだけだ」

「見ず知らずの人間が私の背後に近付いてはいませんでしたか」

　ふつうなら近付けば気配でわかる。まったく、その気配はなかった。だが、念のために確かめたのだ。

「ヤジ馬たちは難を逃れ、遠巻きにしていたからな。誰もいなかった。いたのは……」

　又蔵が口許を歪めた。

「ひょっとして、あの女たちか」

「いや、あの者たちに出来る芸当ではない」

「でもね、あの女たちは相当したたか者ですぜ」

　釜吉が口をはさんだ。

「したたか者？」

栄次郎は訝《いぶか》って問い返した。

「そうさ。あの女たちは掏摸《すり》だ」

「掏摸？　まさか」

「ちっ。まあ、お侍さんも騙されるのは無理もありませんがねえ」

又蔵は口許に冷笑を浮かべた。

「あの者たちが掏摸だというのはほんとうか」

「まず、間違いねえ。ただ、はっきり現場を見たわけじゃねえ。ただ、あの前にふたりは拝殿の前でおかしな動きをしたんだ。大店《おおだな》の旦那ふうの男のあとにぴたっとくっつき、それから娘のほうが前にまわった。怪しいと思ったが盗んだところは見なかった。ふたりが去ってから、念のために旦那に財布を確かめさせたら、ないとあわてた。それで、あのふたりを追いかけた。掏摸の件では追及出来なかったから、因縁を吹っ掛けてどこかに連れ込んで持ち物を検《あらた》めようとしたんだ。ほんとうだ」

「なぜ、あなたたちがそんなことを？」

「よそ者にこのしまを荒されるのは勘弁ならねえんですよ。この何日間、あのふたりを見張っていて、間違いないと思ったんだ。それを、お侍さんに邪魔されちまった」

恨みがましい目付きで、又蔵は吐き捨てた。

「しかし、どうみたって、ならず者がか弱い女をいたぶっているとしか見えなかった」

「ちっ」

「だが、それはほんとうなのか」

「ほんとうかどうか、お侍さんがその目で確かめたらどうですね。まあ、きのうのきようでここにやって来るかどうかわかりませんがね」

はたしてこの連中の言っていることが正しいのかどうかわからない。武芸の心得のない商家の旦那の背後に立ったぐらいで、とりたてて騒ぐようなことではないが、それでも、ひとの背後に気づかれぬように立ったということは気になる。

「お侍さんの名を教えてもらいましょうか」

「矢内栄次郎といいます」

「矢内栄次郎ですね。なんだか、気勢をそがれちまった。きのうの仕返しをしようと思っていたところだったんですぜ」

「そうか。こうなったら、それはなかったことにしてください」

「ちっ」

又蔵は不快そうに顔を歪めたが、ふと何かを思いついたらしく、笑みを浮かべた。

「その代わり、きのうのふたりの隠れ家を探し出してくれませんかえ。あのふたりにとっちゃ、あんたは助けてもらった恩人だ。ふたりと繋がりを持つのは簡単じゃねえですかえ」

「確かに。わかりました。何かわかったら知らせましょう。どこに行けば、又蔵さんたちに会えますか」

「さっきの矢場だ」

釜吉が言った。

「わかりました。さっきの矢場に顔を出します」

どうやら、隠れ家を突き止められたくないらしい。どうせ、この界隈を仕切っている親分のもとにいるのだろうから、その気になれば隠れ家は洗い出せる。が、そこまでする必要もないことだった。

「じゃあ、あっしたちはこれで」

又蔵はふたりを連れて引き返して行った。

栄次郎はしばらく湯島天神の境内に留まっていたが、きのうのふたりの女に会うことは出来なかった。

二

　翌日も栄次郎は湯島切通しから湯島天神に折れた。きょうは空がどんよりしていた。天気が悪いのでひと出はきのうほどではないが、それでもたくさんのひとがお参りに来ていた。

　あの美しい女と女中が掏摸だとは信じられなかった。又蔵たちの出まかせかもしれないが、もう一度会ってみたかった。

　もし、ちゃんとした商家の娘だったら、しばらくは来ないかもしれない。たまたま、思い立ってお参りに来ただけだろうから。

　栄次郎は鳥居の陰で出入りする参詣客を眺めたり、拝殿の横に佇んだり、男坂や女坂のほうに移動したりして一刻（二時間）ほどを過ごした。

　その間、又蔵たちがうろついているのを見かけた。だが、ふたりの女に会うことはなかった。

　きょうは稽古日であり、元鳥越町の師匠の家に伺う日だった。稽古は休むことが出来ない。

栄次郎は諦めて湯島天神から去ることにした。男坂に向かいかけ、未練たらしく鳥居のほうを見たとき、あっと声を上げそうになった。

あのときの女だ。すぐに駆け寄ろうとして、栄次郎は思い止まった。そして、急いで身を隠した。

一昨日に引き続き、きょうもお参りに来ることはあり得ないことではない。何かの祈願があるのかもしれない。

自分以外の、たとえば親兄弟に何か大事があって、そのための祈願に来ていることも考えられなくはない。だが、又蔵の言葉を思い出し、様子を見ることにした。

ふたりは拝殿のほうに向かった。が、途中で歩みを緩めた。それから、再び拝殿に向かった。女中が辺りに目を配った。拝殿の前に絽《ろ》の羽織を着た大店の旦那ふうの男がお参りをしていた。歳の頃なら四十二の厄年ぐらい。娘のほうがその男の背後に近付く。女中は少し離れて立っている。

お参りを済ませた男が振り返ったとき、背後に立っていた娘とぶつかりそうになった。娘は少しよろめいた。あわてて男が娘を抱き抱えようとした。

その刹那、娘の手が男の懐に伸びたのを見逃さなかった。

「お嬢さま」

と、女中が娘に駆け寄る。そのとき、財布が娘の手から女中に渡った。

「失礼しました」

大店の旦那ふうの男は軽く詫びを言い、そのまま女坂のほうに去って行った。

やはり、又蔵の言うとおりだった。あのふたりは、又蔵に掏摸を見破られたとは思っていないのだ。ただ、無頼漢にからまれただけだと思っていたから、またのこのこやって来て掏摸を働いたのだ。

今、掏摸の件を問いただしても、しらっぱくれるだけだ。それより、又蔵の言うように住まいを探ったほうがいい。

栄次郎はしばらくふたりの様子を窺った。

ふたりは拝殿の裏にまわった。おそらく、ひと目につかないところで中味を抜き取り、財布を処分するつもりだろう。

ところが、そこにさっきの大店の旦那ふうの男があわてて戻って来た。地べたに目を這わせながら辺りを歩き回っている。

財布がなくなったことに気づいて引き返して来たのだ。栄次郎は戸惑った。ほんとうのことを告げるべきか。

しかし、あのふたりはすでに証拠になる財布を始末してしまったはずだ。はたと困っていると、不思議な光景を目にした。

ふたりの女が出て来て、きょろきょろしている男に近付いて行ったのだ。

「あの、もしかしたらこれをお探しでは？」

娘が男に財布を差し出した。

「あっ、これは私のです。いったい、どうして？」

「拝殿の前に落ちていました。ひょっとして、さっきぶつかったときかと思いましたが、もう旦那の姿は見えません。それで、社務所に届けようか、それとも財布の中味を確かめてお住まいを調べてお届けしようか迷っていたところでございます」

娘はいけしゃあしゃあと言った。

「そうでございましたか。これはご親切に」

旦那ふうの男は恐縮して、財布の中から金を出した。

「失礼ではございますが、お礼の気持ちで」

「とんでもない。当たり前のことをしたまで。それで、お礼などをいただくわけには参りません」

女中が辞退した。

「でも」

「どうぞ、お気になさらずに」

娘もにこっと笑った。

「私は池之端《いけのはた》仲町の太物《ふともの》問屋『山形屋《やまがたや》』の松右衛門《まつえもん》と申します。もし、よろしければ、どうぞお店《たな》にお立ち寄りくださいませぬか。せめて、お茶なりとも」

「でも」

「いいではありませぬか。さあ」

「そうですか。では、少しだけ」

お互いに顔を見合せてから、女中らしき女が言った。

松右衛門はふたりを引き連れて女坂に向かった。

何か魂胆《こんたん》があるのだ。いったい、何を目論《もくろ》んでいるのか。三人が女坂を下って行くのを見送っていると、栄次郎は声をかけられた。

「矢内さん、どうしましたえ」

又蔵だった。

「あのふたりの女が現れました」

「野郎。来やがったか。で、どうしました?」

「妙なことになりました」

「妙なこと？」

「ええ、ふたりは太物問屋の『山形屋』に向かいました」

栄次郎はこれまでの経緯を話した。

「どうなっているんでぇ」

又蔵も小首を傾げた。

「又蔵さん。財布を擦られた男に声をかけたと言ってましたね。その男の名前はわかりませんか」

「見かけたことがある。確か新黒門町《くろもんちょう》にある『清水屋《しみずや》』っていう太物問屋の主人じゃなかったかな。どうだ？」

又蔵が釜吉に確かめた。

「そうです。『清水屋』の主人ですよ。いつも昼休みにお参りに来ているみたいでした」

「同じ太物問屋ですか。わかりました」

「どうするんですね」

「気になります。何か企みでもあるかもしれませんので。又蔵さん、もしかしたら、手を貸していただくことになるかも」

「手を貸すですって。冗談でしょう。あっしたちはこの界隈に巣くっている、いわばダニのようなもんだ。それが……」

「縄張り内にある堅気《かたぎ》の店がよそ者に荒されるかもしれないのを黙って見ているんですか。又蔵さんたちが虚仮《こけ》にされたも同然じゃありませんか」

「………」

「といっても、あなたたちに『山形屋』や『清水屋』に顔を出してもらうわけにはいきませんね。恐喝《きょうかつ》に来たと思われてしまいますから」

栄次郎が正直に言うと、又蔵たちはいやな顔をした。

「それに、まだ、あの連中が何を目論んでいるかわかりません。ともかく、何かわかったらお知らせします」

何か怒ったような顔をしている又蔵たちと別れ、栄次郎は男坂を下った。

栄次郎は気が焦った。稽古に行かねばならない時間だが、新黒門町にある『清水屋』に行ってみたい。気になると、とことん突き止めなければならない性分である。

栄次郎は男坂を下り、湯島天神裏門坂道を抜けて上野新黒門町に出た。そして、『清水屋』にやって来た。

軒下に足袋《たび》の形をした看板が下がっている。

栄次郎は土間に入り、番頭らしき男に声をかけた。

「すみませんが、ご主人にお会いしたいのですが」

「あいにく、ただいま出かけております。商売のことなら、この番頭で用が足りると思いますが」

「別のことなんです。一昨日、こちらのご主人が湯島天神で財布をなくしたと伺いました。そのことで、お話が……」

「ああ、そのことでしたら、無事に財布が戻って参りました」

「戻って来た? ひょっとして、二十二、三歳の美しい女と女中ふうの女のふたりがやって来たのでは?」

「そのとおりでございます。天神さんの境内で拾われたとか」

やはり、そうだった。あのふたりはせっかく掏《す》った財布をわざわざ返しているのだ。そうやって主人の信頼を得て、次に何かを企てている。そうとしか思えなかった。

「あっ、旦那さんが帰って参りました」

番頭が戸口に目をやって言った。

細身の四十絡みの男が土間に入って来た。

「旦那さま」

番頭が近付いて行き、何ごとか話した。主人の目がときおり栄次郎に向いた。

やがて、主人が近寄って来た。

「手前が清水屋杢兵衛《もくべえ》にございます。何か落とした財布のことだとか」

杢兵衛が窺うように栄次郎の顔を見てきいた。

「はい。今番頭さんから伺ったのですが、財布が戻って来たそうですね」

「ええ、拾ってくれたお方がご親切に届けてくれました」

「二十二、三歳の美しい女と女中ふうの女のふたりだそうですね」

「そうです。それが何か」

杢兵衛は警戒気味にきく。

「ふたりは何か言ってませんでしたか」

「何をですか」

「そうですね。何か、清水屋さんにお願いごととか」

「いえ、別に」

「何も？」

「はい。財布を届けてくれただけですから」

「では、またここに来るようなことは？」

一瞬、李兵衛はうろたえたようになって答えた。

「まあ、そういうことは……」

李兵衛のほうから遊びに来て欲しいと口にしたのかもしれない。

「失礼ですが、ご妻女どのはその女たちに会われましたか」

「家内は三年前に流行《はや》り病《やまい》で亡くなりました。私は独り身です」

「そうですか。失礼なことをお伺いしました」

あのふたりは清水屋李兵衛が現在ひとり身なのを知っていたのではないか。そこは、あくまでも想像でしかない。

栄次郎は『清水屋』を辞去した。

これから、池之端仲町の『山形屋』に行くことも考えた。あのふたりが『山形屋』から引き上げて来るのを待って、偶然を装い近付く。

しかし、今さら会ったとしても、ふたりに警戒されるだけかもしれない。だったら、もう少し、様子をみたほうがいいかもしれない。なにしろ、あのふたりの企みが何かわからないのだから。

袖が切られていたことを調べていたはずだが、いつの間にか、妙なことに巻き込まれたようだ。

だが、あのふたりが只者ではなかったとすると、ふたりを助けに入り、又蔵たちとやりあっているとき、あのふたりが背後から栄次郎に対して何かをしたということも考えられる。

ふつうなら栄次郎は気配に気づく。それがなぜ、気づかなかったのか。


それから半刻（一時間）後、栄次郎は元鳥越町の杵屋吉右衛門の家にやって来て、稽古場の隣りの部屋で稽古の順番を待っていた。

今、稽古場に向かったのは兄弟子の杵屋吉次郎《きちじろう》である。栄次郎と同じ武士でありながら、三味線を弾いている。坂本東次郎《さかもととうじろう》というのが実の名で、旗本の次男坊だった。

「三味線の皮が破れてしまいました」

師匠と東次郎の話が聞こえて来る。やはり、東次郎も皮をやられてしまったらしい。

「この季節は皮がきれやすいので注意をしないといけません」

「三味線の音もよくありません」

東次郎がこぼす。

「糸は絹を縒《よ》り合わせたものですから、伸びてきて微妙に音が変わります。たえず、調整が必要です」

師匠のすごいところは微妙な音の狂いを聞き分ける耳のよさだ。演奏中に糸は伸びて音が狂うと、糸を押さえる位置、すなわち勘所《かんどころ》の場所を変え、音に狂いがないように弾く。

もちろん、栄次郎も音を聞き分けて糸の調整をしたり、勘所の位置を変えたりしているが、師匠は寸分違《たが》わず完璧な音を出すのだ。

「撥《ばち》の叩き方も影響しますね」

東次郎がきいている。

「でも、最後は弾き手の心です。弾き手の心のありように音の善し悪しは影響されるでしょうね」

そうなのだと、栄次郎はつくづく思う。同じ三味線を弾いても、そのときの心の状態によって音色が微妙に違う。

三味線は奥が深いと思ったとき、もし、三味線を弾いているときに襲われたら、自分は殺気を感じるだろうかと思った。

三味線と一心同体になったとき、最上の音が出る。ならば、自分が最上の音を出しているときに、敵に襲われたら殺気を感じるだろうか。いや、逆に殺気を感じるようならば、まだまだ三味線弾きとしては未熟なのかもしれない。

そんなことを考えたのも、やはり袖が切られていたことが気になっているからだ。

三

まだ覚めやらぬ意識の底で、栄次郎は三味線の音を聞いていた。ときに強く、ときに弱く、一定の旋律で音を奏でている。

そこには技巧はない。ただ、単調に糸を弾いているだけだ。それなのに、妙に心に響いて来る音色だった。哀しく、切ない。胸が締めつけられそうになる。だが、それでいて慰撫《いぶ》されるようなやさしさがある。

まだ、半分夢の中にいる。弾いている者は外にいる。いや、庭だ。この部屋の壁の外にいるのだ。このような心地好い音をかつて聞いたことがあった。

あれはいつだったか。そのことを思い出したとき、いやな記憶とともに急に胸苦しさを覚え、目を覚ました。

はっと飛び起きた。

「夢か」

栄次郎は覚えず呟いた。

なぜ、あんな夢を見たのか。深呼吸をして心を静めたとき、またも三味線の音が聞こえて来た。ときに強く、ときに弱く、一定の旋律で音は聞こえて来る。

夢の中で聞いた音と同じだ。栄次郎は跳ね起きた。誰か外にいるのか。

窓辺に行き、障子を開けた。外は雨が降っていた。

音は大きくなった。栄次郎はあっと叫んだ。

屋根からの雨の滴《しずく》が庭に置いてあった薄い板に当たって音を立てていただけだ。三味線と思っていたのは雨垂れだったのだ。

今はただの雨垂れの音だ。栄次郎は障子を閉め、ふとんの位置に戻った。すると、遠音に聞こえる三味線の音に変わった。

しばし、その音色に聞き入った。心地好い音をかつて聞いたことがある。今苦い思い出とともに蘇って来た。

最初に聞いたのは、元柳橋の傍にある料理屋『久もと』の奥座敷で、亡き父と親しく、今も何かと世話になっている岩井文兵衛《いわいぶんべえ》と呑んでいる最中であった。

岩井文兵衛は自らも端唄《はうた》を唄う粋人で、五十歳になるが、渋い風貌に色気がある。

栄次郎の三味線で唄うのが楽しみという御方であった。

そのときは、年増芸者の糸で、文兵衛が唄い終えたとき、夜風に乗って外から三味の音が聞こえて来た。

そのときに感じた心地好さに通じるものがあった。そして、そのあとに女の唄声が聞こえて来た。

文兵衛はその唄声に感心していたことを思い出す。

また、その切ない三味の音を三島宿《みしま》でもきいた。三島で商売をしている吉右衛門師匠の弟子に誘われ、三島に行ったときのことだ。

やはり風に乗って同じ三味の音が聞こえた。そのとき、栄次郎はその三味の音を追って外に飛び出した。

それが栄次郎が恋に胸を焦がし、そして命を賭けた女、門付《かどつ》け芸人のお露《つゆ》との出会いだった。

恋の悲惨な結末は思い出すと、今でも胸が張り裂けそうになる。ようやく遠い過去のものとして思い出すことさえなかったのに、雨垂れのいたずらが苦いものを思い出させた。

栄次郎はすっくと立ち上がり、窓の障子を開けた。急に雨垂れの音は大きくなり、三味線の幻聴が消えた。

心が落ち着くまで、栄次郎はその場にじっと佇んでいた。

兄栄之進《えいのしん》とともに朝餉《あさげ》を取り終えたあと、兄が囁《ささや》くように言った。

「栄次郎。あとで俺の部屋に来い」

「はっ」

その様子を母が見ていたが、何も言わなかった。

母は幕府勘定衆《かんじょうしゅう》を勤める家から亡き父に嫁いで来たひとで、気位が高い。勘定衆は勘定奉行の下で、幕府領の租税などの財務や関八州《かんはっしゅう》のひとびとの訴訟などの事務を行う。

兄も栄次郎もこの母には頭が上がらない。

「ごちそうさまでした」

栄次郎は兄に続いて膳の前を立った。

いったん、栄次郎は自分の部屋に戻った。さっきより、雨脚が激しくなったので、雨垂れの三味線の音は雨音にかき消されていた。

しばらくして、栄次郎は部屋を出て、廊下をはさんで向かいにある兄の部屋の前に立った。

「兄上。入ってもよろしいでしょうか」

襖越しに声をかけた。

「入れ」

その声で、栄次郎は襖を開けて中に入った。

兄は部屋の真ん中で待っていた。栄次郎はその前に腰を下ろした。

兄は御徒目付《おかちめつけ》である。若年寄《わかどしより》の耳目《じもく》となって旗本や御家人を監督する御目付に属し、事務の補助や巡察・取締りを行う。

口を真一文字に結び、家長としての威厳を保つように胸を張って、いつも難しい顔をしている。ふだんは口数が多いほうではない。黙っていることが、威厳を保つことと心得ているようでもあった。

融通がきかない堅い人間という印象だが、実際の兄は案外と遊び人なのだ。栄次郎が強引に連れて行った深川の『一よし』という遊女屋にたびたびひとりで遊びに行っている。

安女郎のいる店だ。顔とて十人並みだ。だが、みな気立てはいい。兄はそこの遊女たちをひと部屋に集めては笑わせているのだ。はじめその現場を見たとき、栄次郎は目を疑ったものだ。だが、やがて、これが兄のほんとうの姿なのだと思った。

矢内家の長男として生まれ、早くに父を亡くして家督を継ぎ、母上の期待に応えて来た兄は、ある意味、自分を殺しているのだ。

「梅雨の晴れ間も束の間だった」

兄がきょうの天気のことを口にした。屋敷内では必要なこと以外喋らない兄なのに、珍しいことだ。

「兄上、どうかなさいましたか」

栄次郎は真顔できいた。

「何がだ？　別にどうしようもしない」

兄は少しうろたえたようになった。

「そうですか。なんだか、言いづらいような話かと思いまして。ひょっとして、深川のほうで何かおありになったのかと思いました」

「深川？　ばかな」

兄はあわてて、

「あっちはうまくやっている」

と、口にした。

「そうですか。じつは……」

栄次郎は言いさした。

兄の妻女、栄次郎にとっての義姉は嫁いだ二年後に流行り病で急逝した。兄の落胆は尋常ではなかった。いつまでも義姉を忘れられずにいた。

「なんだ、はっきり言え」

「はい。ひょっとして兄上は、おぎんを嫁にするなどと言い出すのではないかと思ったのです。私に話があるというのはそのことかと」

「ばかな」

兄は苦笑した。おぎんは兄が気に入っている女だ。

「だが、もしそうだとしたら、栄次郎はどうする？」

「私は兄上の味方です。応援します。ただ、母上を納得させるのが骨だと思いますが」

「いや、納得させることは無理だろう」

妙にしんみり言う。

「兄上。やはり、その気が……」

「ばかな。遊女を妻にすると思うか。武士の妻にしては、おぎんが可哀そうだ」

「そうですね」

栄次郎も合点《がてん》した。

「そうしますと、お話と言いますと？」

栄次郎は改めてきいた。

「そなたが妙なことを言うから変な話になってしまった。話というのは、そなたのことだ」

「私のこと？」

「そうだ。じつは母上から頼まれた」

「母上から？」

栄次郎は緊張した。

養子の話だと思った。母は栄次郎が三味線を習っていることは知っているが、まさかそれで食べていこうとしていることまでは知らない。二本差しを捨て、三味線弾きになると知ったら卒倒しかねない。

だから、栄次郎が武士として成り立つように養子先を真剣に探しているようなのだ。

「兄上、私はそのような気が……」

「うむ？　何のことだ？」

兄が訝《いぶか》しがった。

「養子の件では？」

「違う」

「違いましたか。よかった」

栄次郎はほっとした。栄次郎はうだつの上がらない部屋住でもいっこうに困らない。

いや、かえってそのほうがいいと思っているのだ。

「兄上さえご迷惑でなければ、私をこのまま置いていただきたいのです」

「わしは構わぬ。好きにしろ」

「ありがとうございます」

「また、話が逸れてしまった。栄次郎。わしの話を素直にきけ」

「はっ、申し訳ございません」

「そなた、三日ほど前、見覚えのない柄《がら》の着物を着ていたそうだな」

「はい」

「あの着物はどうしたのだ？」

「あれは……」

「母上が心配しておられた。栄次郎は外に女を囲っているのではないかと」

「ばかな。それは母上の思い過ごしです」

「しかし、朝着ていったのと違う着物を着ていたということは、どこかで着替えたということだ。男が外で着物を着替えるということは……」

「お秋の家です。お秋から借りて来たのです」

「お秋？　以前、この屋敷に奉公していた女だな」

「はい。そこの二階の部屋を三味線の稽古場として借りています」

「そのことは聞いているが、なぜ、着替えたのだ？　母上に説明しなければならぬのだ」

「それは……」

着物の袂が知らぬうちに裂けていたなどとは母上には言えない。いらぬ心配をさせてしまうだけだ。

だが、兄にはほんとうのことを話しておかねばならない。

「じつは、その日、この屋敷を出て、途中、湯島天神に寄ってからお秋の家に行きました。部屋に落ち着いたあと、お秋さんに言われて着物の袂が刃物で切られていたことに気づいたのです」

「なに？」

兄は不思議そうな顔をした。

「まったく気づかなかったのか」

「はい。何かに引っかけて裂けたものではありません。刃によるものです。まったく、気づきませんでした」

「栄次郎、不覚ぞ」

兄が厳しい声を出した。

「もし、その刃がもっと身に近かったら、怪我をしていただろう」

「はい」

栄次郎に返す言葉はなかった。

「それにしてもそなたほどの者が何も気づかなかったとは納得できぬ。何か思い当たることはないのか」

「はい。湯島天神でこんなことがありました」

栄次郎はならず者からふたりの女を救ってやったことを話した。

「ならず者を投げ飛ばしたときに、何者かが私に襲いかかったのかとも考えました。ですが、まったくひとの気配はありませんでしたし、あとでならず者に確かめましたが、野次馬は遠巻きにしていて誰も近くにはいなかったということです」

「たとえば、手裏剣のようなものを投げられたとか」

「いえ、そのような気配はありませんでした」

「そうか。不思議なことだ」

兄は腕組みをして首を傾げた。

「はい。湯島天神を出てからはまっすぐお秋の家に行きました。途中、何もありませんでしたし……」

「最初から切れていたのかもしれぬ」

腕組みを解いて、兄が言った。

「そなたがその着物を着たときにはすでに切れていたのだ。それを、糸で軽く止めてあった。そのために、そなたは気づかずに着てしまい、お秋の家に着く途中で糸がとれた。そういうことではなかったのか」

「最初から切れていたら、着るときに気づいたと思うのですが……」

不注意で気づかなかった。しかし、そうだったとしたら、誰が袂を切ったのか。そのことを言うと、兄も困惑した表情で唸った。

「この屋敷に何者かが侵入したとは思えぬ。まさか、母上がそんなことはするまい」

「定かではありませんが、屋敷を出るときは袂に異常はなかったと思います」

「そうだの」

最初から袂が切られていたことの不自然さに気づいたのか、兄はため息混じりに言った。屋敷内で、誰が何のためにそんなことをするのかも説明がつかない。

「兄上。ともかく、そういうことがあって、お秋が着物を貸してくれたのです。ただ、袂の件を母上に話すと、よけいな心配をおかけすることになりますので」

「うむ。着物を汚したと言っておこう」

「なぜ、汚したのかきかれませんか」

「母上が気になっているのは、女のところで着替えてきたのではないかということだ。そうではないことがわかれば、よけいなことはきかぬ」

「それならいいのですが」

「まあ、母上の件はわしに任せてもらおう」

「はい。お願いいたします」

「ただ、なぜ、切られたのか。やはり、気になるな」

「はい。そのことと関わっているのかどうかわかりませんが、私はふたりの女が何かを目論んでいるようで気になります。お願いがあるのですが、新八《しんぱち》さんの手をお借り出来ないでしょうか」

「構わん。こっちには差し迫っての用はない」

「では、母上の件、よろしくお願いいたします」

栄次郎は頭を下げてから立ち上がった。

栄次郎は唐傘を差し、高下駄を履いて、屋敷を出た。

道はぬかるみ、ところどころに水たまりが出来ていた。きょうは本郷通りを湯島に向かい、神田明神《かんだみょうじん》の前を通って明神下にやって来た。

明神下の裏長屋に、新八が住んでいるのだ。

新八は相模《さがみ》の大金持ちの三男坊と称して杵屋吉右衛門に弟子入りをしていたが、じつは盗っ人だった。豪商の屋敷や大名屋敷、富裕な旗本屋敷を専門に狙う盗人だった。が、武家屋敷への盗みに失敗して追手に追われたところを助けてやったことから、栄次郎は新八と親しくなった。

その後、ひょんなことから盗っ人であることがばれて八丁堀から追われる身になったのを、兄が自分の手下にして助けたという経緯があった。

長屋木戸を入って行くと、両側の屋根からの雨が路地のどぶ板を激しく叩いている。その中に進むと、傘が屋根からの雨水を受けて急に重たくなった。

新八の住まいの腰高障子を開けた。

「新八さん、いますか」

「栄次郎さん。こんな雨の中を」

奥から新八が返事をした。

傘をすぼめ、戸口の横に立てかけ、栄次郎は土間に入った。すぐに新八が手拭いを貸してくれた。

「すいません」

栄次郎は手拭いを借りて肩、腕などを拭いた。傘を差していても、だいぶ着物は濡れていた。

「さあ、どうぞ」

「足が汚れていますから」

新八が上がるように勧めたが、栄次郎は遠慮した。

「なあに、雑巾でちょちょいと拭けば構いませんよ」

「ここで」

栄次郎は上がり框《かまち》に腰を下ろした。足袋もびしょ濡れになっている。

「茶でもいれましょう」

「すみません」

部屋の中がきれいに片づいている。最近、新八に好きな女子が出来たらしい。その女がたまにはこの部屋にやって来て、掃除をしてくれるのかもしれない。ただ、壁にかかった衣紋掛けが少し斜めになっているのが気になった。

栄次郎は微笑ましく見回し、

「小綺麗になっていますね」

と、茶をいれている新八に言った。

「いえ、どうぞ」

少し照れたような顔で、新八は茶碗を差し出した。

「栄次郎さん。あっしに何か」

あわてたようにきいたのも、照れ隠しの意味があったのだろう。

茶を一口すってから、栄次郎は兄にも語ったのと同じことを話した。

「袂を切られていたこともそうですが、なによりそのふたりの女が何を企んでいるのか、気になるのです。新黒門町の『清水屋』と池之端仲町の『山形屋』を見張って、ふたりの素性を調べてもらえませんか」

「わかりやした。最近、やることがないので暇をもてあましていました。栄之進さまからは手当てだけいただいて遊んでいるのはどうも気が引けます」

新八は苦笑した。

「手当てっていったってたいした額じゃないでしょう」

「いえ、とんでもない」

盗っ人時代には料理屋にも上がり込み、かなり贅沢をしていたようだが、今はじつに質素に暮らしている。

茶を飲み干してから、栄次郎は立ち上がった。

「もうお帰りですかえ」

「ええ。だって、新八さんだって用があるんじゃありませんか」

「えっ、どうしてそう思うんですかえ」

新八があわてた。

「だって、部屋の中、ずいぶんきれいになっています。でも、その枕屏風《まくらびょうぶ》」

畳んだふとんの目隠しとして使っている枕屏風に目をやった。

「ほら、少し斜めになっています。それから、衣紋掛けにかかった着物。少し、ずり落ちそうです」

「はあ」

「最初は、どなたかが掃除をしたのかと思っていましたが、ちょっと雑なのは、あっ、失礼。新八さんが片づけたのですね」

「へ、へい。そのとおりで」

「新八さんが部屋をきれいにするのはどなたかが訪ねて来るからでしょう。そう思ったのですよ」

「なるほど。栄次郎さんには敵《かな》いません。でも、まあ、時間がありますから」

「これから師匠の家に行かなければなりませんので。新八さん。さっきの件の調べは、明日からで。きょうはこんな雨ですから」

「へい。ありがとうございます」

栄次郎は傘を差して外に出た。

長屋木戸を出てから元鳥越町に向かって歩きだす。途中、女とすれ違った。ちらっと見た傘の中の顔は細面《ほそおもて》だった。二十七、八歳に思えた。

振り返って見送った。腰の辺りに若い女にない成熟した女の色気のようなものがあった。

女は新八の長屋に入って行った。新八を訪ねるのか。栄次郎はなんとなくうれしくなった。

栄次郎は鬱陶《うっとお》しい雨の中、晴々とした思いで師匠の家を目指した。

四

ふつか後。明け方に雨があがり、久し振りに陽光が射している。

その日の午後、栄次郎は湯島天神に来ていた。例の女たちがやって来るかもしれず、しばらく境内に佇んでいた。

今は新八が女の行方を探している。『清水屋』と『山形屋』の様子を窺い、あの女たちが現れるのを張っている。きのうも雨で、女たちは行動を起こさなかったかもしれないが、きょうは動きだすのではないかと思った。

一刻（二時間）ほどいたが、女は現れなかった。時間帯が違うのか、あるいはもうここは用済みになったのか。

栄次郎が諦めて女坂に向かいかけたとき、又蔵の姿を見つけた。

又蔵も栄次郎に気づいて近寄って来た。

「あの女のことが何かわかりましたかえ」

又蔵が馬面を突き出してきいた。

「いや。まだです」

「ちっ。やっぱり、あんとき、とっつかまえておけば、ことは簡単だったんじゃありませんかえ」

又蔵は汚い歯ぐきを剝き出しにした。

「そうですね。後悔しています」

栄次郎は素直に言った。

「そう、あっさり言われちゃ、こっちも返す言葉がありませんぜ。俺たちもきょうは朝から見張ってますが。まだ現れませんぜ」

「そうですか。今、私の知り合いで新八という者が『清水屋』と『山形屋』を張っています。あの女は同じような手口で、両方の店の主人に近付きました。又蔵さんたちも、このふたりの店に気をつけていてもらえませんか」

「いってえ、何が?」

「わかりません。ですが、何か目論見があるはずです。掏りとった金よりもっと大きいものを手に入れようとしているのではないでしょうか」

「ちくしょう。あの女《あま》」

「まだ、はっきりした証拠があるわけではありません。そのつもりで」

もちろん、はっきりとした証拠があれば、この界隈を縄張りとしている岡っ引きに話を通すが、まだ何をするのかわからないのだ。

栄次郎は又蔵たちと別れ、女坂を下り、池之端仲町に向かった。

太物問屋の『山形屋』の前にやって来た。あの女たちはいったい何が目的なのか。

そのとき、駕籠が店先に止まった。店から、あのときの男が出て来た。主人の松右衛門だ。

松右衛門は駕籠に乗り込んだ。そうだ、何も女たちが店を訪れるとは限らない。松右衛門のほうから女に会いに行くことも考えられる。

栄次郎は駕籠のあとをつけた。下谷《したや》広小路に出て、三橋《みはし》を渡り、山下《やました》を過ぎた。栄次郎は急ぎ足であとを追う。

浅草のほうには曲がらず、そのまままっすぐ入谷《いりや》のほうに向かった。

駕籠は高岩寺《こうがんじ》の前を通り、下谷坂本町に出た。そこの路地を右に折れると、沼に出た。その沼の辺《ほとり》に料理屋がある。

その前で駕籠が止まった。松右衛門は『大里屋《おおさとや》』という料理屋の門を入って行った。

あの女とここで待ち合わせているのに違いない。

そう思ったとき、またも駕籠がやって来た。栄次郎は急いで塀の脇に身を隠した。

駕籠から下りたのはまさしくあのときの若いほうの女だった。やはり、松右衛門と会うのだ。

ここは料理屋だが、目立たない場所にあり、男女の密会にもふさわしい場所に思えた。

栄次郎は出て来るまで待つかどうか迷った。一刻（二時間）は出て来ないだろう。ふたりが親密な関係になったことだけが確かめられた。この先、何度もふたりは逢引きを重ねるだろう。

あとは新八に任せようと思った。

それから半刻（一時間）後、栄次郎は浅草黒門町のお秋の家の二階にいた。

部屋に上がったとき、つい着物の袖を気にした。またも切られているのではないかと思ったのだが、無事だった。

破れた三味線の皮はいま直しに出していて、まだ戻って来ない。床の間には稽古三味線が置いてあるだけだった。

三味線を取り出して音締めをし、糸をぽつんぽつんと弾いたとき、一昨日の朝の雨垂れの音を思い出した。

屋根から流れ落ちた雨粒が庭に置き忘れた板に当たっていたのだが、部屋の中では三味線の音に聞こえた。

それも、相当な腕前の三味線弾きが出す音に似ていた。そして、その心地好い響きは、門付け芸人のお露の糸の音のようだった。

無意識のうちに、栄次郎は糸を弾き、珍しく唄いだしていた。

秋の夜は
長いものとはまん丸な
月見ぬひとの心かも
更けて待てども来ぬひとの
訪ずるものは鐘ばかり
数う指も寝つ起きつ
わしや照らされているわいな

弾き終えてはっとした。無意識のうちとはいえ、なぜ今頃……。お露が死んで数年経つ。一時は自分の心が壊れてしまったのではないかと思うほどに悲嘆にくれ、何もする気もなく、呑めない酒に溺れ、このまま死んでもいいと思うほどに自暴自棄になっていた。そこからやっと立ち直ったが、その間、栄次郎は地獄を見た。

しかし、その体験は栄次郎をひととして一回り大きくすることに役立ったはずだ。そうは思っても、栄次郎にとって封印したい過去だった。思い出としてはあまりにもつらすぎた。

長い間、茫然としていたのか気がつくと部屋の中が暗くなっていた。女中がやって来て、行灯《あんどん》に灯を入れて行った。

それからしばらくして、廊下にお秋の声がした。

「新八さんがいらっしゃいました」

はっと我に返り、

「どうぞ」

と、栄次郎は声をかけた。

「失礼します」

新八が部屋に入って来た。

栄次郎は三味線を脇にどけた。

「お稽古の邪魔になっていませんかえ」

「だいじょうぶです。何かわかりましたか」

「ええ。ふたりのうち、若いほうがおりつ、女中ふうの女がおとしという名のようです。住まいは浅草田原町《たわらまち》三丁目。伝法院《でんぽういん》の近くだそうです」

「よくわかりましたね」

「『山形屋』の番頭さんから聞きました。旦那が財布を拾ってもらったお礼だからといって、座敷にあげてもてなしたようです。そのとき、そう名乗ったのを、番頭さんも聞いていたそうです」

「いや、番頭がよく新八さんに話してくれましたね」

新八をよく警戒しなかったものだと、そのことが不思議だった。

「じつはおすまさんにいっしょに行ってもらったんですよ」

「おすまさん？　ひょっとして、今つきあっているという？」

栄次郎は先日見かけた女の姿を思い出した。

「へえ」

新八は照れたように頭をかきながら、
新八の行きつけの神田旅籠町《はたごちょう》の一膳飯屋『稲木屋《いなきや》』で働いている。亭主と死に別れをした女だという。

「おすまさんと夫婦者を装って『山形屋』に行ったんです。反物を見せてもらいながら、番頭さんにいろいろな話をして、そういえば、先日旦那が落とした財布を拾ってくれた女の方がおりましたねと切り出すと、番頭さんは苦笑しながら話に乗ってくれました。こっちが夫婦者だと思って安心していたのでしょう」

「そうですか。おすまさんというお方までお手伝いさせてしまったのですか。申し訳ないことをしました」

「とんでもない。向こうもかなり面白がっていました」

「そうですか。一度、お会いしたいですね」

「へえ。いずれ、栄次郎さんにはお引き合わせいたしたいと思っております。それで、山形屋のほうですが、番頭さんはその女のことで浮かない顔をしているんですよ」

「浮かない顔?」

「そうなんです。じつは内儀《おかみ》さんは五年前に亡くなって今はやもめなんだそうです」

「山形屋さんもですか。清水屋さんも妻女が三年前に流行り病で亡くなり、今は独り身だということでした」

「偶然でしょうか」

新八が真顔になった。

「男やもめと知っていて、ふたりに近付いた可能性がありますね。じつは、昼間『山形屋』に行ったら、ちょうど主人の松右衛門が駕籠に乗って出かけるところでした。それであとをつけたのです」

そのときのことを説明してから、

「松右衛門が入って行った料理屋に、おりつという女があとから入って行きました。そこは、逢引きにも使われるところみたいです」

「おりつは清水屋とも深い関係になっているのでは？」

「そうかもしれません。新八さん、清水屋のほうも確かめていただけますか」

「わかりやした。明日は『清水屋』を張ってみます」

「最初は、押込みの手先かと思ってましたが、どうやら違うようです。しかし、ふたりの男に同時に近付くとは……」

栄次郎はまだすっきりしなかった。

やはり、店の何かを狙っているのかもしれない。あるいは、新手の美人局《つつもたせ》か。おりつとおとしの背後に男がいるかもしれない。

明日、田原町に行ってみようと思った。

その夜、栄次郎はお秋の家で夕餉を馳走になって、本郷の屋敷に戻ったのは五つ

（午後八時）を少しまわった頃だった。

きょうは非番の兄は夕方から外出してまだ戻っていなかった。上役の家に遊びに行くと母上に言っていたらしいが、栄次郎は深川ではないかと思った。

おぎんのところだ。おぎんは安女郎であり、器量もいいわけではない。だが、兄はおぎんといっしょにいるときが一番、心がなごむのではないか。もっとも自分らしい時間を過ごせるのだ。

見栄も体裁もいらない。肩肘を張る必要もない。露骨な言葉で、下品なことを平然と言う。そんな気取りのない自由に、兄は惹かれているのだ。

兄が帰って来たのは四つ（午後十時）近かった。

その気配を察し、栄次郎が廊下に顔を出すと、兄は自分の部屋に向かうところだった。

「お帰りなさい」

「うむ」

気難しそうな顔をしているのは、兄の照れだと思った。

「おやすみなさい」

と、栄次郎が襖を閉めようとしたとき、兄が呼んだ。

「栄次郎、ちょっと来ないか」

「はい」

栄次郎は兄の部屋に入った。

「兄上。ひょっとして『一よし』ではありませんか」

立ったまま、栄次郎は兄の背中にきいた。

「わかるか」

兄は刀を刀掛けに掛け、振り向いた。

「じつはおまえの敵娼《あいかた》の……」

「兄上」

栄次郎は異様なものを見つけて息を呑んだ。

「どうした、そんな怖い顔をして」

兄が訝しそうにきいた。

「右の袂をご覧ください」

「なに、袂」

兄は右肘を上げた。その瞬間、うっと呻《うめ》いた。

「これは……」

栄次郎の場合と同じだ。右袖の袂が刃物で切られていた。
「ばかな」
兄はうろたえた。
「兄上、思い当たることは？」
「ない。まったくない」
兄の声が震えた。
「『一よし』ではいかがでしたか」
「帰るとき、おぎんが着せ掛けてくれたが、異常はなかった。『一よし』を出てから
ここに帰るまでの間だ。いや、途中で、駕籠を拾った。永代寺《えいたいじ》前だ。『一よし』から
永代寺前までのほんのわずかな間にやられたことになる。そんなはずはない」
兄は狼狽していた。
栄次郎も愕然とした。兄とて相当の剣客である。その兄でさえ、まったく気配がわ
からなかった。
不思議なことが栄次郎に引き続き、兄の身にも起こった。いったい、どういうこと
なのか。このことが深刻なのは、殺気を感じることなく袂が切られたことだ。場合に
よっては、命さえ、奪われかねなかった。

「『一よし』を出てから誰かとすれ違いましたか」

「五つ半（午後九時）頃だ。あの時間、あの盛り場にはかなりなひとが歩いていた。だが、俺に触れあわんばかりに近寄って来た者はおらん」

兄ははっきり言った。

「それに、俺はそんなに酔ってはなかった」

「兄上。『一よし』を出てからのことを思い出してみませんか」

栄次郎は兄に言った。

「不覚だ」

兄は腰を落とした。

「栄次郎の不覚を責めたばかりだったのに、俺まで……」

「兄上。これは我々だけでしょうか。ひょっとして、いま江戸中で何かが起きているのではありませんか」

怪異なことが他の人間にも起きているかもしれない。いや、怪異ではない。人間の仕業だ。ただ、まったく気配を消しているのだ。そのようなことが出来る人間がいるのか。

「『一よし』を出たあと、俺は編笠をかぶって永代寺前に向かった。酔客も多かった。

職人や商人ふうの男。遊び人、浪人もいた。だが……」

兄は首を横に振った。

「わからぬ」

「兄上。明日、出仕したら、朋輩《ほうばい》の方々にきいてみたらいかがですか。同じような目に遭ったひとがいるかもしれません」

「そうしよう」

「私もお秋さんの旦那にきいてみます」

お秋の旦那は八丁堀与力の崎田孫兵衛である。何か耳に入っているかもしれない。

「栄次郎。この件は母上に内証だ」

「わかりました」

「せっかくの愉快な心持ちがだいなしになった」

兄は悔しそうに言った。

「では、失礼します」

栄次郎は自分の部屋に戻った。

いったい、何が起きているのか。何が目的でこのような真似をしているのか。栄次郎には答えが導き出せない。

いずれにしろ、同じ目に遭った人間を探すのだ。そこから、何かが見えてくるかもしれない。

その夜、栄次郎はなかなか寝つけなかった。いったい、何のために袂を切るのか。そのこと以上に、まったく気配を察しなかったことに愕然とするのだ。いつ、どこで、どのように……。

そのことばかりが頭に浮かび、栄次郎は悶々とした夜を過ごした。

五

翌日、栄次郎は屋敷を出ると、本郷通りを急いだ。きょうは朝から強い陽射しだった。すれ違う振り売りの男の額に汗が滲んでいる。

神田明神の前を通って、明神下の新八の長屋にやって来た。

腰高障子を開けると、若い女が台所にいた。栄次郎の顔を見て、細面の切れ長の目に微かに狼狽の色を浮かべた。栄次郎も戸惑った。

新八も泡を食ったように出て来た。

「栄次郎さん。どうも」

ばつが悪そうな顔をした。

「いや、こちらこそ」

「また、出直しましょう」

栄次郎が言うと、新八があわてて、

「いい機会ですから」

と、女に目配せをした。

女は手拭いで手を拭いてから畏《かしこ》まった。

「栄次郎さん。きのうお話ししたおすまさんです」

新八が引き合わせた。

「おすまです。よろしくお願いいたします」

白い肌が光沢を放ち、堅気とは思えない色気があるのが気になったが、十分に美しい女だった。

「矢内栄次郎です。新八さんにはいつもお世話になっております」

「いえ、お世話になっているのは私のほうです。さあ、栄次郎さん、お上がりください」

「いえ、ちょっと新八さんにお話があるだけですから」

「あっ、私、水を汲んできます」

気をきかしたように、おすまは桶を持って土間を出て行った。

「美しいひとですね。新八さんにお似合いです」

「いやあ、まだ、これからどうなるか。おすまさんは前の旦那が酒癖が悪く、乱暴者だった。それで、別れたそうです」

あの色気は亭主持ちだったからかと、栄次郎はなんとなく納得したような気になった。

「で、お話ってなんです？」

「ゆうべ、遅く帰って来た兄の着物の袂が切られていたんです」

「えっ、栄之進さまも？」

「ええ。兄もまったく気づいてませんでした。いつ、どこで切られたのかわからないのです。私の場合と同じです」

「信じられません。栄次郎さんや栄之進さまほどのお方が気づかれないうちに袂を切られるんなんて。これ、自然が作り上げたものじゃないんですかえ」

「かまいたちですか」

「そうです。何らかの拍子に空気が真空になって」

「私もそれを考えてみました。ですが、かまいたちは空気が乾燥した冬場の寒い時期に多く見られるのです。時期的に考えづらいのです。その他の自然現象ということも考えられません」

「では、何者かの仕業だと？」

「そうとしか考えられません」

「でも、なんのためにということを置いておいても、栄次郎さんや栄之進さまにまったく気づかれずに袂を切ることが出来るのでしょうか」

「残念ながら、そういう人間が現実にはいるということです。己の未熟を思い知らされたわけですが、あるいはその人物は自分の技量を誇示したいためにあのようなことをしているのかもしれません。だとしたら、私たち以外にも、袂を切られたひとがいるかもしれません」

「だとすると、被害に遭ったのは武士ということになりますね」

「そうです、武士です。新八さんも、このことを気にかけておいていただけませんか。被害に遭った武士の中には何かに気づいたひともいるかもしれません」

「わかりました。気にかけておきます」

さっきから戸口でおすまが待っているようだった。

栄次郎は戸を開けておすまに声をかけた。

「話は終わりました。どうぞ」

「はい」

慎ましやかに答え、おすまは水を汲んだ桶を持って台所に向かった。

「じゃあ、私はこれで。あっ、そうそう、おすまさんは新八さんの手伝いをしてくれたそうですね」

「ああ、『山形屋』に行ったことですか。はい、どきどきしてとても面白かったです」

おすまはいたずらっぽく笑った。

案外と茶目っけもあり、気立てもよさそうだ。新八にお似合いだと、栄次郎は改めて思った。


栄次郎は明神下から元鳥越町の師匠の家に向かった。

途中、あえて御徒町の武家地を通り、すれ違った武士の袂を注意した。しかし、遠くからではわからないし、またかつて切られていたことがあったかどうかは訊ねなければわからない。

いちいち武士を見たら、そのことをわざわざ訊ねるというわけにもいかず、栄次郎は虚しく武家地を抜けて行った。

それから四半刻（三十分）後に、稽古場で師匠と向かい合った。

ひととおりの稽古をつけてもらったあと、栄次郎は話のついでにあの微妙な感覚を口にした。

「先日、部屋の中で雨垂れを聞いていたら、三味線の音に聞こえました。ちょっと不思議な感じでした」

「自然の音は耳を楽しませてくれます。雨垂れのように一定の間隔で音を奏でるというのが雅楽などにはあるそうです。三味線の場合にはぽつんぽつんと弾くので、まだ未熟な弾き方のことを言います」

「雨垂れの音が未熟ですか。ですが、私には単調な中に、心を揺さぶられるように迫って来ました」

「雨垂れの音は聞く者によっては騒音になり、音楽にもなるのです。吉栄さんが聞いた雨垂れは偉大なる三味線弾きだったかもしれません。滴る雨の量、板に当たるときの勢い、そして閉ざされた部屋の中、さらには吉栄さんの感性。それらがすべて合わさった上で、はじめて三味線の音になったのでしょう」

「確かに、障子を開けたら単なる雨音でした」

栄次郎は思い出して言う。

「そうでしょう。すべての条件が整ったとき、雨垂れが三味線の音になったのです。音を楽しむといえば、お寺さんの庭園などにある水琴窟《すいきんくつ》がありますね。地中に埋めた瓶に落ちて響く音を地表で楽しむ……」

師匠は目尻を下げた。

もともと師匠は横山町の薬種問屋の長男で、十八歳で大師匠に弟子入りをし、二十四歳で大師匠の代稽古を務めるほど天賦の才に恵まれたひとだった。

「私も修行中はいろいろな音を求めて彷徨《さまよ》ったことがあります。三味線を抱えて、川のせせらぎに日長耳を傾けていたことを思い出します。ずっと聞いていても飽きない、あの心地好さは何なのか。自然の音はそのときの条件によって大きく左右されます。三味線の音も同じです。音を聞き分ける。三味線弾きにとっても大事なことです。ただ、私は音という意味ではもっとも……」

格子戸が開く音がして、弟子同士の挨拶の声が聞こえた。師匠ははっとして、

「いけない。話が長くなってしまいました。この話はまたいつかということに」

と、稽古待ちの弟子のことを考えて言った。

「すみません。よけいなことをお話しして」

栄次郎は稽古場から隣りの部屋に戻った。

「お先に」

挨拶して、栄次郎は空いている場所に座った。

入れ代わって、大店の主人が師匠のもとに向かった。大工の棟梁や横町の隠居、それに町火消『ほ』組の頭取政五郎《まさごろう》の娘のおゆうが残っていた。

「栄次郎さん。お久しぶり」

おゆうがうれしそうに声をかけた。

目許が愛らしい、おきゃんな娘だ。無邪気なくらい栄次郎を慕っている。

「栄次郎さん。お稽古が終わるまで待っていてくれませんか」

おゆうが声をかけた。

「ちょっと行かなくてはならないところがあるんです」

「最近、ちっとも遊んでくれないじゃないですか」

「いや、それは」

棟梁と隠居が脇でにやにやしている。

「両国の川開き、ぜひごいっしょしてくれませんか」

「わかりました。ぜひ」

そういうと、やっとおゆうも安心したようで、お茶をいれてくれようとした。

「あっ、もう行かなくてはなりませんので」

栄次郎はおゆうに言い、棟梁や隠居に挨拶をして師匠の家を出た。

栄次郎は新堀川《しんぼりがわ》に出て、川沿いを浅草田原町に向かった。お秋の家に向かう前に、おりつとおとしの住まいを見ておこうと思った。

東本願寺前から田原町にやって来た。ふたりの住まいは田原町三丁目で伝法院の近くだということだ。

栄次郎はその付近を歩いて見た。そして、小体《こてい》ながら小綺麗な家があった。その前を通ってみたが、中にひとがいるかどうかわからない。

おそらく、ここがふたりの住まいだろうと見当をつけ、栄次郎はそのまま素通りをし、浅草黒船町のお秋の家に行った。


お秋の家の二階小部屋に行くと、皮張りに出していた三味線が戻って来ていた。三味線屋の手代が届けてくれたのだろう。

栄次郎は新しい皮の三味線を弾いてみた。いい音が出た。

師匠が言う、雨垂れのように弾いてみた。ぽつんぽつんと弾くので未熟な者の弾き方にたとえることがあるそうだが、このように一定の間隔で弾いて行くことは案外と難しい。微妙に間が狂う。

いつしか、雨垂れの三味の音に近付けようと、栄次郎は必死になっていた。

ふと手を休めたとき、そういえば師匠は途中で話をやめたが、何を言おうとしたのだろうか、と知りたかった。

夕方になって、お秋が上がって来て、

「旦那が見えましたよ。夕餉の支度が出来たらお呼びしますから」

と、言った。

旦那の崎田孫兵衛を待っていたのだ。

夕餉の支度が出来て、栄次郎は階下に行った。

「おう、矢内どの。さあ、いっしょに呑もう」

崎田孫兵衛が人違いから襲撃されて大怪我をしたことがあった。八丁堀の屋敷で養生をしていた孫兵衛に、お秋との連絡や襲撃者の探索など、栄次郎は何かと手助けをしてあげたのだ。

そのことがあってから、孫兵衛の栄次郎に対する接し方が変わって来た。それまでは、お秋とのことで嫉妬の対象になっていたが、今はその誤解も解けたようだった。

「その前に、崎田さまにお訊ねしたいことがあるのですが」

栄次郎は切り出した。

「最近、武士で着物の袂を切られたという報告を受けてはおりませぬか」

「袂を切られた？　なんだね、それは？」

「じつは先日、私の着物の袖の袂が裂けていたのです。刃物で切ったあとでした。でも、私にはとんと記憶がないのです。それから、私の兄も同じように袂を切られていました」

栄次郎の話を聞き終えても、孫兵衛はぴんとこないようだった。

「誰がなんのために、そのようないたずらをするのだ？」

「わかりません。一見、いたずらのように思えますが、まったく気取られることなく袂を切るなど至難の技と申せましょう。もし、私が同じことをやったとしたら、袂を切ることに成功したとしても、その場で気づかれるでしょう。相手に気配を察せられずに切るなんて、私には出来ません」

「そうだの」

孫兵衛はようやく真顔になった。

「おそらく、その男は己の技を誇示したいがために手当たり次第に、武士の着物の袂を切っているのではないか。そう思ったのです」

「うむ」

孫兵衛は唸った。

「さらに、私が心配しているのは、今は袂ですが、今後はいつ体に傷つけないとも限りません。この人物の前には誰もが無防備ですから」

「聞けば聞くほど由々しきことだ。同心たちにもどういう事例があったか確かめてみる」

「はい。お願いいたします」

それから酒になった。

栄次郎は適当なところで席を立ち、お秋の家を出た。夜空に厚い雲が張り出していた。栄次郎は急ぎ足になった。


本郷の屋敷に帰ると、兄がすでに帰っていた。

兄の部屋に呼ばれ、差し向かいになった。

「朋輩《ほうばい》にきいたが、まだ誰もそういう目に遭ってはいないし、そんな話も聞いたことはないようだ」

「そうですか。八丁堀与力の崎田さまもそのような報告は聞いていないようです」

「我々が先駆けで、これからあちこちで起こるのか……」

兄が不安を口にした。

「ただ、私たちが最初だとすると、ちょっと気になります。どうして、私と兄上だったのか。たくさんの被害に遭った人間がいて、その中に私と兄上がいたのなら納得出来るのですが」

「つまり、標的が我らだということか」

兄の顔色が変わった。

「はい」

「わしも栄次郎もひとさまから怨みを受けるような覚えはないはずだ。ただ、逆恨みだとすると……」

兄は憂鬱そうな顔になった。

「はい。逆恨みだとしたら、相手を特定することは容易ではありません。まず、私に向けられた怨みか、兄上に向けられたものか」

ほんとうは、自分か兄に向けられた警告なのかもしれないと思い、栄次郎は愕然とした。だが、まったく心当たりはない。

いや、そう思っているだけで、ほんとうは考えたくないだけかもしれない。栄次郎は困っている人間を見ると放っておけない性分だ。だから、これまでに何度もいろいろなことに首を突っ込んで来た。

困っている者、弱い者を助けるということは、当然反対側にいる人間に厳しく対したということだ。盗っ人にも三分の理という諺《ことわざ》にあるように、栄次郎を恨んでいないとも限らない。

また、御徒目付の兄についても同じことがいえる。お役目とはいえ、兄は旗本や御家人の不正を質《ただ》して来たのだ。

「栄次郎。お互い、気をつけるのだ。出来ることなら、ひとりでは動き回らないことだ。近付いて来るもの、すべてに用心したほうがよい」

「わかりました」

栄次郎は気持ちを引き締めた。

雨音がした。とうとう降りだしたようだった。

栄次郎は自分の部屋に戻った。自分の心の乱れのせいか、雨垂れの音が三味線の音には聞こえなかった。

第二章　三味の音

一

　ふつか間、雨は振り通しで、三日目の明け方にようやく上がった。

　栄次郎は庭に出た。物置小屋の近くにある柳の木を相手に居合《いあい》の稽古をするのが日課であった。雨では庭に出ることも出来ず、きょうは三日ぶりだった。

　柳の葉も今はしなやかな枝に青々と繁っている。その前に立ち、栄次郎は心気を整える。そよと風が吹き、柳が微かに揺れた。

　栄次郎は腰を落とし、右手を刀の柄《つか》にかけ、足を踏み込んで抜刀する。剣を頭上で回転させてから鞘に納める。切っ先は柳の葉に掠《かす》るか掠らないかぐらいのところに達している。

再び、自然体で立つ。柳の微妙な揺れを察知し、再び、抜刀する。何度かくり返していて、ふいに風が止んだ。微風さえなく、柳も垂れたままだ。

栄次郎は柳の揺れを待った。

栄次郎の剣は攻撃の剣ではない。相手が仕掛ける寸前に無意識に体が反応する。その無意識の動きにあらゆる力が漲《みなぎ》っている。決して、意識して生み出せるものではなかった。

今、栄次郎は柳の葉の揺れに反応するように自分を追い込んでいる。しかし、葉が揺れなければ、何も出来ない。

意識して刀を抜いたとしてもその力は半減されている。それほど、相手の仕掛けによって栄次郎の剣は凄さを増すのだ。

風がなければ、それに代わるものを選ばなければならない。柳の木の影か。

栄次郎の頭にあるのは一切《いっさい》の気配を断って近付き、着物の袂を切るという神業に近い剣客のことだ。

あれほどの芸当が出来るのは相当な剣客であることに間違いない。もし、その相手が本気で襲いかかってきたら防げるだろうか。

ふと風がそよぎ、栄次郎の体が反応した。腰を落としながら、素早く左手で刀の鞘をぐいと突き出し、右手で柄を摑んで抜刀した。切っ先は柳の葉に伸び、剣を頭上でまわして鞘に納める。

一連の流れるような動きは一瞬で終わった。栄次郎が自然体で立ったとき、柳の葉が一枚、舞いながら落ちた。

栄次郎は唖然とした。微妙に手先が狂い、葉を傷つけた。袂を切る剣客に心を奪われて、動きが変わってしまったのだ。

栄次郎はため息をついて素振りを終えた。

井戸端で汗を拭き、部屋に戻った。

何の気配を与えない敵にどのように対するのか。無風の柳の木の前にただ為《な》す術《すべ》もなく立ちつくすように、黙って切られるしかないのか。

袂を切るだけだから気配が生じなかったが、命を奪うときには殺気が生まれるだろうというのは甘い考えだ。あれほどの剣客ならば、斬りに来たとしても殺気を感じさせないのに違いない。

気づかないうちに袂を切られたという恐怖感は、たとえてみれば、朝起きたとき枕元の畳に白刃が突き刺さっていたときと同じ衝撃だ。

我が命は敵の手中にある。いつでも、命を奪えるという余裕が感じられる。そして、それは自分に向けられたものか、兄に向けられたものか。

朝食をとったあと、栄次郎は兄より先に屋敷を出た。

兄が外出するときに護衛を頼もうと、新八のところに向かった。少し離れたところから兄のあとについて行ってもらい、怪しい人間を見定めてもらうのだ。用心だけはするに越したことはない。

本郷通りを行くと、誰かがつけてくるのに気づいた。栄次郎は小首を傾げた。悪意は感じられない。

神田明神の前に差しかかり、栄次郎は鳥居をくぐった。そして、すぐに鳥居の柱の陰に身を隠した。

しばらくして、男がやって来た。顔を見て、栄次郎は柱の陰から飛び出した。

「新八さん」

「あっ、やっぱり気づかれてしまいましたか」

新八はばつの悪そうな顔をした。

「どうして?」

「へえ」

新八は苦笑してから言った。

「じつは栄之進さまに頼まれまして」

「兄上から？」

「はい。例の袂の一件です。万が一、栄次郎を狙ったものだとしたらいけないので、遠くから見張ってもらいたいと」

「そうですか。兄上が」

栄次郎は胸の底から温かいものが溢れてきた。

「じつは、私も同じように兄の護衛を新八さんにお願いしようと思って、新八さんの長屋に向かうところだったのです」

「そうだったのですか。困りましたね」

新八は困惑した顔をした。

「ええ、困りました」

「他には、袂の被害はないそうですね」

新八が心配そうにきいた。

「ええ。崎田さまの耳にも達していません。やはり、兄上と私だけかもしれません」

「まったく妙なことになりました」

新八は苦しそうな顔を歪めた。

目の前を商家の内儀と女中らしい女が横切った。拝殿のほうに向かうふたりを見送りながら、おりつとおとしのことを思い出した。

「あのふたり、どうしているんでしょうか」

栄次郎は口にした。

「おりつとおとしのことですね。どうやら、『清水屋』の旦那ともつきあっているようです。つまり、『山形屋』と『清水屋』ふたりの男を手玉にとっているようです」

「やはり、新手の美人局でしょうか」

「ええ。ふたりの旦那はどんどんおりつに夢中になっていっているようです」

「そうですか。なんだか、見捨ててはおけませんね。新八さん。あのふたりの後ろに男がいるかどうか調べていただけませんか」

「でも、栄次郎さんのことを……」

「私ならだいじょうぶです。十分に注意をしますから。それより、何か目論んでいるのを気づきながら手をこまねいて見ているわけにはいきません」

「そうですかえ。こうなると、栄次郎さんのお節介病にも困ったものですね」

新八は苦笑してから、

「ええ、わかりました。さっそく、あのふたりのことを調べてみます。それより栄次郎さん、ほんとうに気をつけてくださいよ」

「わかっています。じゃあ、せっかく来たんですから、お互いの無事を願ってから行きましょうか」

そう言い、栄次郎は拝殿のほうに向かった。

途中、浅草のほうに向かう新八と別れ、栄次郎は元鳥越町の師匠の家に向かった。きょうは栄次郎の稽古日ではないが、坂本東次郎が稽古にやって来るはずだった。念のために、東次郎にも袂の件を確かめておこうと思ったのだ。

東次郎は杵屋吉次郎という名をもらっている名取だ。栄次郎の兄弟子であり、栄次郎のように二本差しを捨ててでも三味線弾きになりたいと思っている男だ。

だが、その道を阻む障碍《しょうがい》は栄次郎より大きいようだ。

というのも、東次郎の父親は作事奉行の坂本東蔵《とうぞう》である。

作事奉行は殿舎、社寺などの築造や修繕を司る役目だ。今後、何年間か無事に勤め上げれば、その後は大目付か町奉行、あるいは勘定奉行への道が開けるほどの役職である。

いくら次男坊とはいえ、そのような父を持つ伜が芸道に現《うつつ》を抜かすことは難しいに違いない。

師匠の家に着くと、住込みの婆さんが迎えた。

「あら、吉栄さん。きょうはお稽古日でしたか」

「いえ、吉次郎さんに会いに来たのです。まだのようですね」

土間に履物がなかった。

「ええ。さあ、お上がりください」

少し時間が早かったようで、まだ誰も来ていなかった。

格子戸が開いて、鳥越神社前の料理屋『大竹屋《おおたけや》』の旦那がやって来た。稽古日が違うので、滅多に顔を合わせることはなかった。

「これはお珍しい、吉栄さんではありませんか」

料理屋の旦那がにこやかに部屋に入って来た。

「大竹屋さん。お久し振りですね」

「きょうは?」

「吉次郎さんを待っているのです」

「吉栄さん、よろしかったらどうぞ」

師匠の声がした。

「いえ、とんでもない。きょうは稽古日ではありませんので。さあ、どうぞ」

料理屋の旦那に師匠のもとに行くように勧めた。

「では。大竹屋さん、どうぞ」

師匠が呼んだ。

「では、行って参ります」

大竹屋が師匠の部屋に行った。

大竹屋と師匠の話が聞こえてくる。栄次郎はその会話を耳にしながら、兄のことを考えた。

自分のことを気にかけてくれていたかと思うと、兄に対して申し訳ない気持ちでいっぱいだった。兄はめったに私用では出歩かない。行くとすれば深川の『一よし』だ。

『一よし』に行くとき、こっそり栄次郎が警護をしようかと思っていると、格子戸が開いて、坂本東次郎が入って来た。

「おや、吉栄さん」

東次郎は腰から刀を外し、部屋に上がった。

「じつは、吉次郎さんをお待ちして……」

挨拶しながら何気なく東次郎の袖を見て、栄次郎はあっと声を上げそうになった。

「どうした？」

東次郎が訝った。

「その袂」

「袂」

東次郎は右肘を上げて袂を見せた。そして、あっと叫んだ。

「これは……」

東次郎が絶句した。

「何か心当たりは？」

「ない。まったくない」

東次郎の顔が青ざめた。

東次郎は直心影《じきしんかげ》流《りゆう》の達人であり、また関口流《せきぐちりゆう》の柔術をよくした。その東次郎も、袂を切られたことにまったく気づかなかったのだ。

「じつは、私も同じ目に遭いました」

「そなたも？」

三味線弾きの目ではなく、剣客としての鋭い目で、東次郎がきいた。

「はい。私もいつやられたのか、まったくわかりませんでした。その上、私の兄までも」

「なんと」

東次郎は驚愕を隠さず、

「栄次郎どの。外に出よう」

と、誘った。

「はい」

東次郎は婆さんに、外に出て来ると告げ、土間に向かった。師匠の三味の音と大竹屋の唄声が聞こえていた。

ふたりは鳥越神社の裏手の松の樹のそばに立った。

「栄次郎どの。詳しく話してくれ」

「はい。私は本郷の屋敷から浅草黒船町に向かう途中でやられたようです。黒船町に着いてから気づきました。途中、湯島天神に寄り、境内でちょっとした騒ぎに巻き込まれましたが、そのこととは無関係です。そのあとですから、湯島天神を出てから黒船町までの間にやられたのです」

栄次郎はさらに続けた。

「兄は、深川です。料理屋から永代寺前で駕籠を拾うまでのわずかな間に袂を切られたのです」

まさか、遊女屋の帰りだと言うわけにもいかず、料理屋の帰りということにした。

「そうか」

「東次郎さまはお屋敷からですか」

旗本坂本家の屋敷は小川町《おがわまち》にある。

「いや、小舟町《こぶなちょう》からだ」

日本橋小舟町一丁目におみよという女が住んでいる。その女と東次郎は深い仲なのだ。

栄次郎も伊勢町堀に面している家に行ったことがある。堀には商人の蔵が並んでいるが、その向かい側に女筆《にょひつ》指南の看板が出ている小体《こてい》な家がおみよの家だった。おみよは女筆指南をしている。女筆は女子用の書道であり、女子に読み書きを教えている。

「出るときにはなんともなかった。そこからまっすぐここに来た。その間、何もなかった。少なくとも俺は何も気づかなかった」

　東次郎はまだ衝撃が収まらないようだ。無理もない。東次郎ほどの剣客ならまったく気づかなかったことに忸怩《じくじ》たる思いを抱いているはずだ。

「ただ……」

　ふと、東次郎が目を鈍く光らせた。

「浜町堀《はまちょうぼり》の汐見橋《しおみばし》を渡るとき、前方から荷を積んだ大八車がやって来た。そのために、ひとの流れが滞った。大八車の両脇に割れて、みなすれ違って行ったが、俺の脇をすり抜けて行った侍がいた。あえて、考えれば、そのときしか思い当たらない」

「どんな侍ですか」

「網代笠《あじろがさ》をかぶっていた。細身の侍だ。そういえば、赤い鞘《さや》だった」

「網代笠をかぶった赤い鞘の侍ですか」

　それが合っているかどうかわからないが、はじめて具体的に敵の姿が登場したように思えた。

「いや、わからん。その侍かどうかは……」

　東次郎は苦しげに顔を歪めた。

「でも、そのこと以外に思い当たる節がないとしたら、その侍の可能性も出て来ました」

栄次郎は昂《たかぶ》った。

「だが、妙だ」

東次郎が言う。

「妙と言いますと？」

「栄次郎どのや兄上が狙われ、次に俺だとしたら、最初から狙っていたということだ。もし、俺を狙っていたとしたら、小舟町の家から俺をずっとつけて来たことになる。不覚にも尾行にも気づかなかったが、なぜ、そこまでして俺を狙ったのか」

「それは……」

栄次郎は言いよどんだ。

栄次郎、兄、東次郎ということになれば、もはや標的は栄次郎であることが明らかだと思った。兄と東次郎は面識がない。すべて、栄次郎の親しい人間ばかりだ。

「敵の狙いは私かもしれません」

栄次郎は自分の考えを述べた。

「だとしたら、敵は栄次郎どのの周辺までずいぶん調べていることになる。おそらく、小川町の屋敷から小舟町の家まで俺をつけたのであろう。おれは、まったくつけられたことに気づいていなかった」

無念そうに、東次郎は唇を歪めた。

「でも、おかげで手掛かりが摑めました。相手の正体も目的もさっぱりわからず、霧の中でもがいていましたが、やっと微かに出口が見えて来たような気がします」

「相手がわからないのは不気味だ。もし、敵だとしたら、厄介な相手だ」

「はい。ともかく、これからは網代笠をかぶった赤い鞘の侍に注意を払います」

「俺も手を貸す。何かあったら何でも言ってくれ」

「ありがとうございました」

師匠の家に戻る東次郎と別れ、栄次郎は改めて身を引き締めた。

敵の狙いは自分かもしれないのだ。


その夜、栄次郎は兄の部屋に行った。

部屋の真ん中で差し向かいになってから、

「兄上が新八を私につけてくれたそうですね。お心遣い、感謝いたします」

「いや、別に」

兄は照れたように下を向いた。

「じつは、坂本東次郎どのもやられました」

「なに、袂をか」

「はい。まったく同じです」

「確か、坂本どもは直心影流の達人だったな」

「はい。また関口流の柔術をよくいたします」

「そのような武芸の心得がある者も防げなかったのか」

兄は愕然として言う。

「はい。そのときの様子なんですが」

と、栄次郎は坂本東次郎から聞いた話をはじめた。そして、網代笠の侍に話が及んだとき、何かを思い出そうとしたのか、兄は顎に手をやった。その真剣な顔つきに、栄次郎は言葉を止めて兄の顔を見つめた。

はったと兄が膝をぽんと叩いた。

「思い出した。確か、『一よし』を出てから永代寺の前に行く途中、笠をかぶった侍を見かけた。今思えば、赤鞘だったかもしれぬ」

「まことですか」

「そうだ。その者は気がついたとき、俺の前を歩いていた。俺を追い越して行ったことに気づかなかった。確かに、あの侍には気配がなかった」

「兄上もその者を見ているとなると、その侍の可能性がますます強くなりました」

「狙いはそなただと言うのか」

深刻な顔つきになった。

「はい。東次郎どのまでが狙われたとなると、やはり私の知り合いが標的になっているると考えたほうがいいかもしれません」

「網代笠をかぶった赤鞘の侍か。いったい、何のつもりか」

兄は吐き捨てるように言ってから、

「奉行所にも頼んで手配をしてもらおう」

と、口にした。

「いえ、それはなりません」

「なぜだ？」

「まだ、ほんとうに私を狙っているという証拠はありません。単なるいやがらせ、いたずらに過ぎず、これ以上のことをするつもりはないのかもしれません。網代笠をかぶった赤鞘の侍にしても、はたしてその侍の仕業かどうかもわからないのです。もうしばらく様子を見てからではないと」

それ以上に、敵の恨みが栄次郎に向いているのだとしたら、あくまでも私的なことである。そのような私的な問題で、御徒目付の威光で奉行所を煩《わずら》わせることに抵抗を覚えた。

「そうだのお」

兄は少しばかり不満そうに答えた。

「それから、はっきり狙いが私と決まったわけではありませんので、これからも兄上もお気をつけくださ い。特に、深川の行き帰り」

「うむ。気をつけよう」

そう答えてから、さらに厳しい顔になって、

「そのほうこそ、気をつけよ。よいな」

と、語気を強めた。

栄次郎は自分の部屋に戻り、改めて自分を恨んでいる人間のことを考えた。思い当たることはないが、逆恨みだとしたらいくらでも出てきそうだった。

栄次郎が驚くのは、坂本東次郎と知り合いだということまで敵が知っていたことだ。敵は栄次郎のことをかなり調べ上げている。

それだけでなく、兄が深川の『一よし』に行くことや東次郎の女が小舟町に住んでいることまで調べ上げているのだ。

網代笠をかぶった赤鞘の侍ひとりで、これだけのことを調べられるとは思えない。敵はひとりではない。

それだけでなく、かなり前から栄次郎のことを調べているようだ。つまり、きのうきょうの思いつきでいろいろなことを仕掛けてきているのではなく、かなり前からの計画のような気がする。

それだけ根が深い。敵の正体がまったくわからないことが不安である。

ただ、網代笠をかぶった赤鞘の侍のことは有力な手掛かりだ。相手が仕掛けて来るのを待つ必要はない。

栄次郎は受けて立つ気構えをはっきりと整えた。

二

翌日、栄次郎は屋敷を一歩出てから辺りを見回した。敵は屋敷からつけている可能性があった。

怪しいひと影はない。ゆっくり歩きだす。本郷通りに出てからも、たえず背後に気を配った。

だが、つけて来る気配はない。いくら気配を消してつけて来るといっても、こっちが意識して注意をしているのだ。尾行している者がいれば気がつくはずだ。

神田明神前から明神下に出た。尾行者がいないのは間違いない。改めて、新八の長屋に入って行った。

新八にも網代笠をかぶった赤鞘の侍のことを話しておこうと思ったのだ。だが、新八は留守だった。隣りの住人にきくと、朝早く出かけたという。

新八はおりつとおとしのことについて調べてもらっている。そのことで出かけたのかもしれない。

栄次郎は虚しく長屋を出た。

それから、栄次郎は妻恋坂から湯島天神に向かった。参道はまだ時間が早いので水茶屋も土産物屋も閉まっていた。

又蔵たちがよく遊びに来る矢場の前を通り、鳥居をくぐった。

境内はまだまばらだ。栄次郎は女坂に向かった。

あのとき、又蔵たちに因縁を吹っ掛けられていたふたりの女を助けたあとだった。

ふたりが掏摸だったとはあとで知ったことで、そのときは又蔵たちを懲らしめたあとだった。

そのときのことを思い出しながら、栄次郎は坂を下った。そして中段に差しかかったとき、ふいに脳裏を掠めた光景があった。

栄次郎を追い抜いて行った男がいた。赤いものが残像にあった。赤い鞘だったのか、記憶にない。

あのとき、かなりのひとが坂を上り下りしていた。その中に紛れ込んで姿はわからない。もし、あのとき袂を切られたのだとしたら、坂の途中の足場の悪いところでの行為ということになる。それは驚くべきことだった。

改めて敵の技量にあなどれないものを感じ取っただけで、敵のことはわからなかった。

女坂を下り、池之端仲町に足を向ける。この間にも、どこからか敵がこっちを見ているかもしれない。

太物問屋『山形屋』の前を通る。店先を覗くと、主人の松右衛門の姿が見えた。武家の妻女らしい女が店先から出て来た。松右衛門が見送りに出て来た。

おりつとのことがどうなったのか。気になりながらも、栄次郎は素通りをする。新八に任せているのだ。

下谷広小路に出て、三橋を渡り、山下を通って浅草のほうに足を向けた。ここまで、網代笠に赤鞘の侍は目に入らなかった。

広徳寺《こうとくじ》前を過ぎ、稲荷町《いなりちょう》に差しかかった。前方から網代笠をかぶった侍がやって来るのに気づいて一瞬緊張した。

すたすた歩いて来た。だが、刀は赤鞘ではない。黒い鞘だ。それに小肥りだ。だからといって油断は出来なかった。

やがて、何ごともなくすれ違った。笠の内の顔はわからなかった。行き過ぎてから振り返る。

東次郎から聞いた印象と後ろ姿は異なる。別人だ。

栄次郎は菊屋橋《きくやばし》を渡り、東本願寺前を通り、ついでだからと田原町三丁目のおりつの家のほうに足を向けた。

伝法院の近くにあるおりつの家の前に来たとき、ふと格子戸を開けて出て来た男を見た。新黒門町の『清水屋』の主人だ。

清水屋はそそくさとおりつの家を出て行った。おりつが見送っている。やはり、清水屋もおりつと深い関係になったのだろうか。

清水屋が引き上げてからおりつは家の中に引っ込んだ。

栄次郎はそのまま広小路に出て、雷門《かみなりもん》前から並木町《なみきちょう》の参道を駒形《こまがた》のほうに向かった。

ひと出が多いが、網代笠に赤鞘の侍を見ることはなかった。

駒形を過ぎ、黒船町のお秋の家にやって来た。

「お帰りなさい」

お秋が迎えた。

栄次郎は二階に上がった。部屋までついて来たお秋が心配そうな顔できいた。

「栄次郎さん。どうかしましたか」

「えっ、どうしてですか」

「なんだか思い詰めたような怖い顔をしているんだもの」

「そうですか」

栄次郎ははっとした。

「すみません。ちょっと、来月の市村座のことを考えていたもので」

「そう」

あまり納得していないようだったが、お秋はそれ以上きこうとしなかった。

お秋が部屋を出て行ってから、栄次郎は三味線を手にした。

それでも、気を取り直し、市村座の舞台に備え、『吾妻八景』の稽古をした。

だが、網代笠に赤鞘の侍のことが頭の中から離れず、撥を持つ手が何度も止まった。それでも、休み休み、何度も稽古をくり返した。

　ふと、窓に何か当たったような気がした。栄次郎は三味線を置いて立ち上がった。

　窓辺に寄る。御厩河岸に向かってひとが歩いて行くのは渡し船に乗るつもりなのだろう。御厩河岸ノ渡しは本所側と連絡をしている。

　そのとき、あっと思った。網代笠の侍が川っぷちから栄次郎のほうを見ていた。刀は赤鞘だ。

　栄次郎は窓を離れ、刀を摑んで部屋を飛び出した。

　梯子段を駆け下り、驚いているお秋に急用を思い出したと告げ、栄次郎は外に出た。

　しかし、網代笠に赤鞘の侍の姿はなかった。御厩河岸ノ渡し場のほうに足を向けた。

　ちょうど、渡し船が出発したところだった。商人に職人、武士の妻女ふうの女の乗船客に混じって網代笠をかぶった侍が座っていた。刀の鞘は赤色だ。

　侍は背中を向けていて、顔は見えない。

　栄次郎は吾妻橋のほうを見た。橋を渡って走ったとしても、とうてい間に合わない。

　船は川の真ん中辺りに差しかかろうとしていた。

　本所側からやって来る船とすれ違い、ゆっくりと時間をとって本所側からの船が着いた。栄次郎はその船に乗り込んだ。すぐには出発しない。

すでに網代笠の侍を乗せた船は本所側に着いていた。とうにどこかへ行ってしまっただろう。そう思うそばから、栄次郎を誘《おび》き出そうとしているのかもしれないという思いもあった。

ようやく船が出た。風があり、波も高かった。船は思うように進んでいないように思えた。

やっと桟橋に着き、順番に船から下りた。

栄次郎は僧侶のあとから陸に上がった。辺りを見回したが、網代笠の侍の姿はない。目の前は武家屋敷が並んでいる。辻番所があったので、栄次郎はそこに向かった。

棒を持っている壮年の番人に訊ねた。

「網代笠をかぶり、赤い鞘の刀を差した侍を見ませんでしたか。ひとつ前の船で着いたはずなのですが」

「見ました。目立ちましたから」

「どっちに行きましたか」

「御竹蔵のほうです」

「わかりました」

礼を言い、栄次郎は辻番所から離れた。

急ぎ足で石原町《いしわらちょう》までやって来たが、両国橋に向かう道にそれらしきひと影はなかった。

目の前にある辻番所できくと、石原町のほうに曲がって行ったという。

こうして、辻番所ごとに訊ね、栄次郎は横川にかかる法恩寺橋までやって来た。

日暮れて、辺りはだいぶ暗くなってきた。ここまで誘き出されたかもしれないと思ったが、栄次郎はあえて敵の誘いに乗る覚悟でいた。

法恩寺山門前にある茶店できくと、件《くだん》の侍はさらに天神川《てんじんがわ》のほうに向かったと言う。

栄次郎はさらに足を進めたとき、前方に網代笠の侍がこっちを向いて立っているのに気づいた。

網代笠の侍はさっと辻を左に入った。栄次郎は追いかけた。

行き着いたのは押上村《おしあげむら》だ。大名の下屋敷の裏手に出た。ひと気のない場所だ。網代笠の侍を見失い、辺りを見回していると、ひとの気配がした。

百姓ふうの男だ。籠を背負って通りすぎて行った。

再び、ひとの気配はなくなった。風が木の葉を揺らして、もの侘しい音を立てているだけだった。

栄次郎はその場に立って何かを待った。網代笠の侍は栄次郎をここまで誘き出したのだ。

襲って来るかもしれない。身構えながら、敵の襲撃を待った。どこからか、栄次郎の様子を窺っているように思えた。

だが、まだ、何の気配もなかった。いったい、どういうことだと思ったとき、遠音に三味線の音が聞こえて来た。

耳をそばだてる。どこから聞こえて来るのか。法恩寺境内にある料理屋の座敷からか。あるいは、少し離れた亀戸天神《かめいどてんじん》近くの料理屋からか。

耳を済まして聞き入っていた栄次郎は突然弾かれたように顔を上げた。

「これは……」

端唄の『秋の夜』だ。なぜ、この唄が……。

栄次郎は音のするほうに足を向けた。亀戸天神のほうだ。栄次郎は導かれるままに音のするほうに向かった。

だが、横川に出たとき、音は途絶えた。天神橋の前で立ち止まり、耳を澄ましたが、二度と糸の音は聞こえて来なかった。

亀戸天神の周囲には怪しげな店も多いが、名だたる料理屋もいくつかある。深川か柳橋辺りから客が芸者を引き連れてやって来たのかとも思ったが。夏のこの時期に秋の唄を芸者が選ぶとは思えない。

座敷着の柄《がら》も季節を考えて着こなす芸者は端唄ひとつでも季節を大事にする。

この付近で、三味線の師匠が住んでいて、たまたま稽古をしていたのか。しかし、その後、音がしないのはどういうわけか。素晴らしい音色だ。これだけの音を出せるのは只者ではない。

それより、なぜ『秋の夜』だったのか。

栄次郎は天神橋を渡り、亀戸天神のほうに行った。まるで空耳《そらみみ》だったと思わせるかのように、もうどこからも三味線の音は聞こえてこない。

辺りを廻ってみたが、無駄だった。門付け芸人が偶然に通りすぎたのか。そして、たまたま『秋の夜』を弾いたのか。

偶然だったのかもしれない。しかし、『秋の夜』だと聞いたが、実際は違う唄だったのかもしれない。似たような三味線の手はある。今から思うと、別の唄だったのだろうかと自信もなくなってきた。

栄次郎は引き返した。

両国橋を渡り、柳原《やなぎわら》通りに入り、筋違御門《すじかいごもん》をくぐって、明神下へとやって来た。

留守でもともという気で、栄次郎は新八の長屋に寄った。住まいの前に立つと、中に灯が灯っているのがわかった。

腰高障子に手をかけた。おすまが来ていたら、とんだ邪魔者だと思いながら戸を開けた。部屋に、新八がひとりだけだった。

「栄次郎さん。いらっしゃいましな。朝、来てくださったそうで」

「ええ。今朝はずいぶん早く、お出かけだったのですね」

「ええ、じつはゆうべ、おそくおりつの家に遊び人ふうの苦み走った顔の男が入って行ったんですよ。四つ（午後十時）近くまでいても帰る様子がないので泊まるものと考え、今朝早く、またおりつの家に行ったんです」

「それはご苦労さまでした」

「へえ。でも、おかげで引き上げる男のあとをつけることが出来ました」

「では、男の素性はわかったのですか」

「わかりました。男は平吉《へいきち》という名で、根津《ねづ》の遊廓で働いています。用心棒みたいなことをやっているようです。渋い顔立ちですが、残酷そうな目をしているという近所の評判です。中には、ひとを殺したことがあるはずだという者もおりました。かなり、危険な感じの男のようですぜ。根津遊廓の裏手の長屋に住んでいます」

「おりつとの仲は？」

「どうして知り合ったのかはわかりませんが、おりつは平吉の情婦であることは確かのようです」

「昼間、おりつの家から清水屋が出て来た。おりつは清水屋を家に引っ張り込み、山形屋とは入谷の料理屋で会っている。どうやら、背後で平吉が糸を引いているようですね」

「ええ。明日はもう少し平吉のことを調べてみます」

そこまで言ってから、思い出したように、新八は口にした。

「ところで、今朝早くいらっしゃって、栄次郎さんのほうで何か」

「例の袂切りのことです。じつは坂本東次郎どのもきのう袂を切られました」

「東次郎さままで……」

新八は唖然とした。

「そのとき東次郎さんは、網代笠をかぶって、赤鞘の刀を腰に差した侍を見かけたというのです」

その後、お秋の家の二階を見上げていた網代笠に赤鞘の侍のあとを追って本所まで行った話をした。

「法恩寺を過ぎた辺りで消息がわからなくなりました。私を誘き出すつもりだったのではないかと思ったのですが」

そのときに聞こえた三味線の音のことは口にしなかった。『秋の夜』に聞こえたのは気のせいかもしれないし、仮にそうだったとしても偶然かもしれない。それより、お露との思い出に触れることがつらかったのだ。

「いえ、栄次郎さんを誘き出すつもりだったんですよ。だって、お秋さんの二階を覗いていたというんでしょう」

「ええ」

あのとき、壁に何かが当たる音がしたので、窓から覗いたのだ。すると、網代笠に赤鞘の侍が立っていた。

新八が言うように、あの侍は栄次郎を法恩寺まで誘き出したものと思える。だとしたら、あの三味線は……。

栄次郎は首を横に振った。ありえない。今頃、栄次郎と門付け芸人のお露とのことを知っている人間が現れるなんて考えられない。

だが、あの『秋の夜』をなんと説明したらいいのか。

「新八さん。どうやら、敵の狙いは私のようです。東次郎どのもやられたことで、はっきりしました。どういう理由かわかりませんが、明らかに狙いは私です」

「でも、いったい、袂を切ることは敵にとってどんな狙いがあるのでしょうか」

「おまえの命は俺の意のままにある。袂を切ることで、無言の威《おど》しをかけているのかもしれません」

「無言の威しですか」

新八は不快そうに顔を歪めた。

「ただ、相手が私に対してどんな恨みを持っているのか、それがわかりません」

「盗品を買い漁る『七つ下がりの五郎《ごろう》』の仲間の仕返しでは？」

関八州で絹織物などの盗難が頻発し、盗んだ品物は『七つ下がりの五郎』一味が買い取り、それを盗品だと承知して売りさばいていた呉服屋の主人などを奉行所が一網打尽に出来たのは栄次郎の力だった。

そのことで、まだ仲間がいて仕返しをしようとしているのではないかと、新八は言ったのだ。

「ええ。こっちの気づかない仲間がいたのかもしれません。でも……」

栄次郎には何かぴんとこないのだ。

「もし、盗賊などの仕返しなら、もっと単純に襲って来るのではないか。そう思えるんですよ」

「なるほど」

新八は小首を傾げた。

「栄次郎さん。やはり、これからあっしは栄次郎さんとともに行動しますよ。遠くから見張っていれば、怪しい人間を見つけることが出来ます」

「いえ、これだけの敵です。おそらく、新八さんが遠くからでも私のあとをつけていたら必ず気づくに違いありません。それに」

栄次郎は続けた。

「清水屋さんと山形屋さんのことも気になります。すみません。新八さんはもうしばらくそっちのほうを調べていただけますか」

「そうですか。わかりました。じつは、おすまにも手伝ってもらっているんです」

おすまと呼び捨てにした。つきあいの深まりが窺えて、栄次郎はふと笑みを漏らした。はっと気づいて、新八はあわてて、

「いや、おすまさんにも手伝ってもらっていましてね。『山形屋』と『清水屋』の客としてそれぞれの番頭と親しく口をきくようになりました。それとなく、様子をきき

だしてくれているんです」

「なかなかしっかりしているんですね」

「というより、なんだか面白がっているんです。ちょっと慎みがないんですが」

新八は苦笑した。

「でも、助かります。どうもお節介病のせいか、気になると落ち着かないもので。私のほうがなんとかなったら、すぐ手伝いますので」

「栄次郎さんのご気性でしたら、そうだと思います。わかりました。任しておいてください」

栄次郎は新八の長屋をあとにした。

暗い本郷通りを屋敷に向かう。行き交う影に、栄次郎は常に注意を払わねばならず、屋敷に着くと、疲れがどっと出た。倒れ込むようにふとんに横になった。こんなことははじめてだった。


三味線の音が聞こえ、夜中に目が覚めた。

あの例の音だ。立ち上がって窓を開けた。雨音がいきなり入って来た。やはり、この前と同じ庭に出ていた薄い板に当たる雨垂れの音だった。

栄次郎は障子を閉めた。ふとんに戻ると、しばらくして雨垂れの音が三味の音になった。栄次郎は聞き入りながら、法恩寺裏で聞いた『秋の夜』の音を思い出した。暗くなってからも門付け芸人が流していたのだろうか。それにしても、なぜ、季節違いの端唄を弾いていたのか。

栄次郎に聞かせるためか。網代笠の侍が栄次郎をあの場所に誘き出したのは『秋の夜』を聞かせるためだとしたら……。

しかし、何のためかわからない。それに、音を聞かせるためなら、どうしてあそこまで引っ張って行く必要があったのか。

お秋の家の近くで弾いてもよかった。なぜ、あの場所だったのか。やはり、あの近くに『秋の夜』を弾く人間が住んでいるのではないか。

理由はわからない。だが、栄次郎に聞かせたいために、あの場所まで誘き出した。そう考えることが出来そうだ。

雨垂れの音は三味線の音を奏でている。その音色はお露の弾く糸の音と同じように心に迫ってくるものがあった。

「お露……」

遠い彼方に去っていたお露の面影が急に目の前に現れた。お露が死んで何年か経つ。

今さら、お露への未練はない。ただ、なんともやりきれない結末を迎えたことが、栄次郎の胸を締めつけるほどに苦しめるのだ。

栄次郎にとって、お露のことは苦い思い出であった。

お露は門付け芸人として、兄という男といっしょに三味線を弾きながら町を流していた。そのときが秋だったせいもあるが、お露は『秋の夜』を弾き、唄いながら江戸の町を歩いていた。

その『秋の夜』を唄こそないものの三味線で弾いていたのは誰なのか。

まさか……。栄次郎は覚えず声を上げそうになった。お露と栄次郎のことを知っている人間がいるのではないか。

そんなはずはないと思いながら、その考えが栄次郎をとらえて放さなかった。

三

眠れぬまま夜を明かした。

夜明けと同時に庭に出て素振りをくり返した。

網代笠の侍が栄次郎の命まで奪おうとしているのかどうかはわからない。だが、何らかの企みがあり、それが悪意に満ちたものであることは否定出来ない。

いつか、網代笠の侍と立ち合わねばならぬときが来るかもしれない。はたして、栄次郎は太刀打ち出来るのか。

今までの剣客とは明らかに違う点がある。気配を消したまま、迫って来るという技だ。殺気のない相手に、栄次郎はどうやって立ち向かえばいいのか。

無風で垂れ下がっている柳に向かい、栄次郎は自然体で立つ。そして、深呼吸をし、心気を整えた。

無念無想で、枝垂《しだ》れ柳を見つめる。一、二、と数え、三を数えて栄次郎は動いた。居合腰になって膝を曲げたときには、左手で鯉口を切り、右手は柄《つか》にかけており、右足を踏み込んで伸び上がるようにして抜刀した。

小枝の寸前で切っ先を止める。さっと刀を引き、頭上で刀をまわして鞘に納めた。

再び、自然体で立った。そして、改めて数を数える。

何度かくり返した。だが、どうしても、何らかに反応して抜刀するより、僅かだが遅れる。今度の相手にはその遅れが致命傷になるかもしれない。それほどの相手だ。

額から汗が流れ出て来た。工夫がつかないまま、栄次郎は素振りをやめた。

井戸端で汗を拭き取ってから部屋に戻った。

朝餉のあと、栄次郎は母に呼ばれた。

仏間に行くと、母は仏前に手を合わせていた。父と義姉の位牌が並んでいる。栄次郎はそばで待った。

矢内の父は一橋《ひとつばし》家の近習番を務めていた。母にはそのことが誇りのようであった。

ようやく母が顔を栄次郎に向けた。

栄次郎が軽く辞儀をすると、母が口を開いた。

「栄次郎。そなた、最近、何かありましたか」

「えっ、何をですか」

あわてて、栄次郎は問い返す。

「近頃のそなたを見ていると、どこか落ち着きがないように思えます。気持ちにゆとりがありません」

「いえ、そのようなわけでは」

栄次郎は否定する。

「なれど、先日は着物の袂をどこかで引っかけて破いたとか。そのことも栄次郎らしくありません。顔つきも近頃は厳しくなっています」

やはり、母上は微妙なことにも気づく。

「はあ……」

栄次郎は言い訳に窮した。

これがお秋なら、来月の市村座の舞台のことで頭がいっぱいなのですと言えば通用するが、もともと三味線を弾くことに反対の母であり、そのことを言えば、たちまち三味線をやめさせようとするだろう。

「栄次郎。何か危険な真似でもしてはいますまいな」

「いえ、決して」

「まことですか」

「はい」

心配をかけたくなので、栄次郎はごまかすしかなかった。

「ところで栄次郎。そのうち、岩井さまよりお話がおありかと思いますが……」

「母上」

婿養子の話だと察して、栄次郎は口をはさんだ。

「岩井さまよりお話があるのなら、先に母上から聞いていては岩井さまに申し訳がありません。どのようなお話かは存じませんが、きょうのところはお話を伺うのは遠慮させていただいたほうが」

虚を衝かれたような顔で、母は栄次郎を見返した。

「それでは、兄上にも呼ばれておりますので」

栄次郎は強引に頭を下げ、母の前から下がった。

呆れたような母の顔が瞼に残った。

栄次郎はそのまま兄の部屋に行った。

「兄上。よろしいでしょうか」

襖の前で声をかける。

「入れ」

「失礼します」

栄次郎が部屋に入ると、兄は小机に向かっていた
「兄上。特に用事があるわけではありません。お気兼ねなく。少ししたら出て行きます」

兄は不思議そうな顔を向けたが、

「すぐ終わるから待て」

と言い、再び小机に目を戻した。

兄は文書を読んでいた。御目付からの文書かもしれない。

ようやく、兄が書類を閉じ、顔を向けた。

「どうしたのだ？」

「申し訳ありません。じつは母上に呼ばれておりまして、養子の話になりそうだったので、兄上に呼ばれているからと嘘をついてしまいました。兄上のことを勝手に利用してお許しください」

「いや、構わん。それに、栄次郎に用がないこともないのだ。かえって、ちょうどよい」

「何でしょうか」

「うむ。例の網代笠の侍のことだ。あることが気になった」

兄は厳しい顔つきになった。

「あること？」

「あのように気配を消して迫ってくるのは忍者かとも思ったが、忍者とて相手に攻撃を仕掛ける際には殺気を漲らせるのではないか。そう考えて思い浮かんだのは……」

兄は声を呑んでから、

「柳生《やぎゅう》だ。それも、尾張《おわり》柳生」

「まさか」

栄次郎は覚えず声を上げた。

これは栄次郎の出生の秘密に関わってくることだった。

栄次郎は矢内家の実の子ではない。現将軍の実父大御所の治済《はるさだ》がまだ一橋家の当主だった頃、旅芸人に産ませた子が栄次郎であった。生れたばかりの栄次郎は近習番だった矢内家の子になった。

そのまま、時が流れれば何ら問題はなかったが、大御所として君臨してきた治済は年老いてから旅芸人に産ませた子に不憫を覚えるようになった。そして、その子がまっとうに成長していることを知り、取り立ててやろうという親心を持ちだした。

これが、騒動の出発だった。

当時、尾張家の当主徳川宗睦《むねちか》に跡継ぎがなかった。このため、治済は息子治国《はるくに》の子斉朝《さだとも》に尾張家を継がせるつもりだったのを、急に栄次郎に継がせたいと言いだしたのだ。つまり、栄次郎が徳川宗睦の養子になり、尾張家を継ぐということになった。

だが、そのことを察した尾張家は栄次郎を始末せんと、尾張柳生流の達人を刺客として送り込んだのである。

栄次郎はその刺客をことごとく打ち破ったうえで、改めて尾張家への養子縁組の話を断《ことわ》った。

尾張六十二万石の城主より二百石の御家人の部屋住の身を選んだのである。

その件はそれですべてけりがついたのではなかったか。そのことを言うと、兄は難しい顔になり、

「尾張家の一部でなにやら不穏な動きがあるという噂を聞いた」

「不穏な動き？」

「幼少の斉朝さまを補佐する家老が実権を握り、その家老に反対する一派がなにやら不穏な動きをしているらしい」

「でも、それは尾張家の問題では？」

自分に関係ないと、栄次郎は言ったのだ。

「そうだろう。ただ、そなたを担ぎ出そうと言う輩が出て来ることを恐れ、早めに手を打っておこうと考えたやもしれぬ」

「…………」

それは考えすぎだと言いたかったが、その根拠を問われても、明確な答えがあるわけではない。ただ、栄次郎は『秋の夜』の端唄の関連のほうが気になっている。だが、このことも話が出来るほど具体的な根拠もなかった。

「我らの袂を切るなどという、尾張柳生がこんなまわりくどいやり方をするでしょう

か」

栄次郎は反論した。

「じつは、きのう網代笠に赤鞘の侍に本所まで誘き出されました」

きのうの顚末《てんまつ》を話した。ただ、新八にも話さなかったように、三味線の音のことは黙っていた。

「私が立っていたのは法恩寺裏手のひと気のないところでした。辺りも暗くなって来ました。でも、敵は現れませんでした。もし、尾張柳生の者であれば、その時点で襲って来たのではありますまいか」

「うむ」

兄は深くため息をついた。

「兄上。心配していただいて申し訳ございません」

栄次郎は兄に礼を言った。

「なに水臭いことを言うか」

照れ隠しか、兄は怒ったように言った。

「兄上。これまで誰も怪我をしたものはおりません。案外と敵の狙いは我らを迷わし、悩ませることにあったのかもしれません」

栄次郎はあえてそう言った。

「そうだと、少しは安心なのだが」

「そうだと思いますよ。あれこれ考えることが敵の思う壺かもしれません」

「そうよな。まだ、実害は何もないのだ」

兄は自分自身に言い聞かせるように言った。

兄は最後はいくぶん冷静さを取り戻したようだった。そのことに安堵し、栄次郎は兄の部屋を出た。


それから一刻（二時間）後、栄次郎は法恩寺橋を渡り、法恩寺裏手の押上村にやって来ていた。

大名の下屋敷の裏手に足を向けた。ゆうべはここまでやって来たのだ。

栄次郎はゆうべと同じ場所に立った。暗いときと比べ、田畑が広がり、かなたにこんもりしている杜《もり》は亀戸天神だ。

百姓家や寺の大屋根がぽつんぽつんと見える。ゆうべ、この界隈のどこかで三味線を弾いた人間がいるのだ。

栄次郎はしばらくそこに佇んでからゆっくり近くの百姓家に向かって歩きだした。

野良仕事に出ていて、百姓家にいるのは年寄りだけだった。その年寄りに、

「きのう夜、三味線の音を聞きませんでしたか」

と、訊ねた。

「たまに聞こえて来ますが」

「誰がどこで弾いているのかわかりますか」

「いつか歩きながら弾いているのを見たことがあります。女のひとでした」

それ以上のことはわからなかった。

やはり、門付け芸人かもしれない。

栄次郎は百姓家を離れた。別の家でもきいてみようかと思ったが、結果は同じような気がした。

辺りを歩き回った。三味線の音は聞こえない。きのうの網代笠に赤鞘の侍はどこに消えたのか。

この界隈は小普請組《こぶしんぐみ》の御家人の家も多く、武家の下屋敷もたくさんある。そこに消えた可能性もなくはない。

栄次郎は天神川に突き当たった。川沿いを天神橋のほうに向かう。

天神橋を渡り、亀戸天神に出た。参道から境内に入り、太鼓橋を渡った。急な勾配

に、みな慎重になっている。草履だとすべりやすい。

拝殿の前は善男善女で混み合っていた。

どこかから、誰かが栄次郎の行動を見張っているかもしれない。そんな気がしながら、拝殿に進んだ。

背後にひとが立つと、栄次郎は無意識のうちに警戒していた。

お参りを終え、拝殿前を離れた。ひとをかき分けるようにして、ひとの輪の外に出た。

再び、太鼓橋を渡る。

今までなら、尾行者はいないと言いきれたが、今は自信がなかった。この境内のひとの群れの中に、網代笠の侍がいるような気がしてならない。

橋の中央の一番高い場所から境内を見回した。藤棚のほうに目をやったとき、網代笠に赤鞘の侍が立っているのを見つけた。

栄次郎は太鼓橋を逆に戻り、藤棚に急いだ。

だが、藤棚に、すでに網代笠の侍の姿はなかった。

栄次郎は脇門から境内を出た。亀戸町の町並みが続き、右手奥は津軽越中守《つがるえっちゅうのかみ》の広大な下屋敷だった。

亀戸町を抜けると、天神川に突き当たった。

左右を見たが、どこにも網代笠の侍の姿はなかった。

栄次郎は吾妻橋を渡って浅草黒船町のお秋の家にやって来た。

すぐに三味線を持つ気になれず、栄次郎は窓辺に寄った。

渡し船が出て行ったところだ。

敵は栄次郎の動きを読んでいた。きのう立った場所に、きょうもう一度やって来る。

そう読むことはさほど難しくないだろう。

どこかで、あの侍は栄次郎をじっと見ていたのだ。亀戸天神に向かったのをずっとつけてきた。

栄次郎はそのことにまったく気づかなかった。気配を消しているのだ。まるで、相手は幽霊のようだ。

人間というものはそこまでの修業が出来るのだろうか。自分の感情を殺し、無意識のままに自分の思うとおりに自分を動かす。そんな芸当をやってのける網代笠の侍はいったい何者なのだろうか。

名にし負う剣客かもしれない。だとしたら、そんな剣客がなぜこんな真似をするのか。

対岸からの船が着いて、乗船客が次々と陸に上がった。栄次郎は覚えずじっと見つめた。その中に、網代笠の侍がいるのではないかと気になったのだ。

だんだん、栄次郎の神経が過敏になっていくようだった。

窓辺から離れ、栄次郎は三味線を抱えた。最近、稽古を怠りがちだった。三味線からまたも押上村で聞いた『秋の夜』の糸の音が蘇る。

偶然なのか。それとも、網代笠の侍はその音を聞かせたくて、栄次郎をあの場所に誘き出したのだろうか。

その思いをふっきり、栄次郎は『吾妻八景』の稽古に入った。だんだん撥を当てていくうちに『吾妻八景』で唄われる日本橋や隅田川などの光景が脳裏を掠めて行く。

栄次郎は三味線に熱中し、気がついたときには部屋の中が暗くなっていた。お秋が入って来て、行灯を灯した。

お秋が出て行って、それほど経たないうちに梯子段を上がって来た。

「栄次郎さん。お客さんです」

お秋が不審そうな表情で言う。

「女の方よ。ちょっと色っぽい」

嫉妬めいた言い方で、お秋は栄次郎を睨んだ。

「女？」

心当たりはなかった。

「なんだか、焦っている様子なの」

「じゃあ、下りて行きます」

栄次郎は三味線を片づけた。

梯子段を下り、土間に行くと、女が顔を向けた。

「おすまさんじゃありませんか」

「栄次郎さん。すみません。ここまで押しかけて」

「新八さんに何か」

たちまち不安が押し寄せた。

「新八さんには止められたのですけど、新八さん、怪我をしたんです」

「怪我？　なにがあったのですか」

「何者かに足を斬られたんです」

「足を？」

栄次郎はおりつの情婦の平吉の周辺を探っていたのだ。平吉に気づかれ、襲撃されたのではないかと思った。

「怪我の具合は？」

「命に別状があるわけではありません。ただ、しばらくは歩けないと、お医者さんが」

「そうですか。今、新八さんはどこに？」

「駕籠で、明神下の長屋に帰りました」

「わかりました。すぐ、行きます」

「すみません。新八さんからは止められていたんですけど、どうしてもお知らせしたほうがいいと思って」

「助かりました。お役人のほうは？」

「奉行所のひとは新八さんの話が要領を得ないとぼやいていました。単なる喧嘩だろうと思っているようで、あまり熱心ではありません」

新八も詳しい話を出来なかったのだろう。

「すみません。私はこれからお店に出ないといけないので。お店が終わったら行きます」

「わかりました。それまで、私がついています」

「お願いします」

おすまは土間をあわただしく出て行った。

栄次郎は梯子段を駆け上がった。

「新八さんが怪我をしたんですって」

お秋が心配そうな顔で二階までついて来た。

「そうらしいです。すぐ行ってきます」

「夕餉の支度はまだですけど、有り合わせのもんでよければ食べていったほうがいいんじゃないかしら」

「いえ、なんとかなります」

栄次郎は刀を持って再び梯子段を下りた。

「すみません。あわただしくて」

お秋に詫びて、栄次郎は外に飛び出した。


半刻（一時間）弱で、栄次郎は新八の部屋に駆け込んだ。

新八は右太股に包帯を巻いて寝ていた。

「新八さん」

「栄次郎さん。面目無《めんぼく》い」

寝たまま、新八は顔を向けた。

「痛みは？」

「薬がきいているらしく、今は落ち着いています」

「そうですか。で、誰にやられたのですか。平吉ですか」

栄次郎がきくと、新八は首を横に振った。

「違うのですか」

「網代笠をかぶった赤鞘の侍です」

「なんですって」

新八までが犠牲になったという驚き以上に、とうとう体にまで危害を加えだしたということに、栄次郎は頬を殴られたような衝撃を受けた。

「きょうも平吉を張っていたら夕方になってどこかへ出かけるようでした。それで、あとをつけたんです。向かったのは田原町でした。おそらく、おりつの家だったのでしょう。そう思ってつけていたら、途中で網代笠の侍とすれ違ったんです。刀の鞘も赤かったので、例の侍だと思いました」

亀戸天神から浅草のほうに移動していたのだ。ひょっとしたら、それまでお秋の家にいる栄次郎を見張っていたのかもしれない。

「あっしは平吉を追うのをやめて、侍のあとをつけました。侍は三味線堀を通って、向柳原から神田川に出て和泉橋を渡りました。ところが、橋を渡ったあとで、見失ってしまいました」

「おそらく気づいていたんでしょう」

「ええ、そうでしょう。辺りを探しましたが見つからず、引き上げようとしたとき、いきなり足に激痛が走ったんです。くずおれながら前方を見ると、網代笠の侍が歩いていくのが見えました。まったく背後に近付いたのに気づきませんでした。古着の床店の主人が駆けつけてくれたんです」

「そうでしたか」

つけられたから、その仕返しの意味で襲ったのか、それとも栄次郎と親しい人間だからいずれ襲うつもりでいたが、たまたまその機会がやって来たので襲撃したのか。

ただ、相手は命までとろうとはしなかった。それは本命が栄次郎だからであろう。

ただ、さらに栄次郎の親しい人間に危害が及ぶ可能性がある。

たとえば、お秋の旦那の崎田孫兵衛。あるいは、新内語りの春蝶《しゅんちょう》……。あとを考えて、栄次郎はあっと声を上げた。

「栄次郎さん。どうなさいましたか」

　新八が弱々しい声できいた。

「網代笠の侍が私の親しいひとたちを襲っているのだとしたら、次に狙われるのはひょっとして」

　栄次郎は口にするのもおぞましかった。

「誰ですか」

「吉右衛門師匠です。網代笠の侍は次に吉右衛門師匠に危害を加えるかもしれない」

「でも、どうしてそんな真似を？」

「私を真綿で首を締めるようにじわじわと責めて来ているのです。そして、私に何の恨みか考えさせようとしているのに違いありません。それだけ、恨みが深いのだと言えるかもしれません」

　栄次郎は深くため息をついた。

「でも、誰が栄次郎さんをそんな目に遭わせようっていうんですかえ。とんでもね野郎だ。狂ってますぜ」

「ええ。ふつうではありません。何もかも」

　もし、栄次郎の勘が正しければ、次に狙われるのは吉右衛門師匠だ。師匠を傷つけさせてはならない。

「栄次郎さん。申し訳ありません。あっしが余計な真似をしたばっかりに、こんな体になっちまった。これじゃ、何も出来ません」

「新八さん。気にしても仕方ありません」

「でも、平吉とおりつが何か企んでいるのは明白ですぜ」

「磯平《いそへい》親分に話を通しておきましょう。まずは怪我を治すことが先決ですから」

磯平はこの一帯を縄張りとしている岡っ引きだ。一時は、この磯平が盗っ人の疑いで新八を追い回していた。兄が手を差し伸べなかったら、新八は逃亡暮らしを余儀なくされ、江戸でこうして暮らしていけなかっただろう。

「へい」

新八は無念そうに言った。

五つ（午後八時）前に、おすまがやって来た。急いで来たらしく、息が弾んでいた。

「おすまさん、早かったのですね」

栄次郎は声をかけた。

「はい。早く帰していただきました」

部屋に上がり、おすまは新八の枕元に座った。

「新八さん。どう？」

「だいじょうぶだ」

新八も顔を綻ばせて答えた。

「じゃあ、おすまさん。新八さんのことをよろしくお願いします」

栄次郎は挨拶して土間に下りた。

「栄次郎さん、すみませんでした」

新八が声をかける。戸口まで、おすまが出て来た。

「ありがとうございました」

おすまに見送られて、栄次郎は路地に出て長屋木戸に向かった。

敵の目的ははっきりしている。栄次郎だ。だが、その前に、栄次郎と親しい人間を襲い、徐々に心を撹乱し、追い込んでいこうとしているのだ。自分で恨みの正体を探れという忠告でもあるかもしれない。

本郷通りを歩きながら、ふと三味線の音を聞いたような気がして立ち止まった。が、風の音だけだ。夜になって風が出て来た。

幻聴だと思い、再び歩きだした。敵の目論見どおりになっていく自分に気づいて、栄次郎は愕然とする思いだった。

四

翌朝、栄次郎はまず神田旅籠町の自身番に寄り、磯平親分の行方を訊ねた。すると、小半刻（一時間）前に定町廻り同心といっしょに顔を出したということだった。

磯平は四十年配の、食い下がったらしつこい岡っ引きで、栄次郎は信頼を置いているのだ。

時間から考えて、今頃は佐久間町の辺りかと見当をつけ、まず佐久間町一丁目に向かった。

だが、そこの自身番に四半刻（三十分）前にやって来たという。

磯平親分に会うのはあとまわしにして、栄次郎は元鳥越町に急いだ。

稽古のはじまる時間にはまだ間があったが、師匠の吉右衛門は栄次郎を迎えてくれた。

「何かございましたか」

「いえ。ちょっと、師匠の予定をお伺いしておこうと思いまして」

「私の予定でございますか」

「はい。外出する予定をお聞かせ願えればと」

師匠は不審そうな顔をしたが、

「明日は来月の市村座の打ち合わせで、市村咲之丞《さきのじょう》さんのお宅に昼過ぎにお邪魔をいたします。明後日《あさって》の夜、ご贔屓の酒問屋の旦那の招きで薬研堀《やげんぼり》の料理屋に伺うことになっております。あとは、七日後に……」

明日の昼間か明後日の夜、いずれかだと、栄次郎は考えた。

「不躾《ぶしつけ》なことをお伺いして申し訳ございませんでした」

栄次郎は頭を下げた。

「吉栄さん」

師匠が真顔になった。

「最近、吉栄さんの三味線の音に心の乱れを感じていました。何かおありですね」

自分では、ふだんと変わらぬように弾いているつもりだったが、糸の音から心の不安を読み取る師匠にただ驚嘆するしかなかった。

隠さずに話しておいたほうがいい。栄次郎はそう思った。常に用心していてもらったほうがいいのだ。

「ことの発端は私の着物の袂が気づかれないうちに切られていたことです。続いて兄、さらに吉次郎さんまで」

そのときの様子を話し、さらに続けた。

「敵の狙いが私であることは間違いありません。何らかの恨みを私に抱いているのです。ですが、私には心当たりはありません。敵は徐々に私の周囲に攻撃をしかけ、私が恨まれる理由に思い至るのを待っているのだと思います」

栄次郎は息継ぎをした。

「おそらく私がまだそのことに気づいていないと察したからでしょう、敵は今度は新八さんに襲いかかりました」

「新八さんが襲われたのですか」

師匠は目を剝いた。

「はい。きのう、右太股を斬られました。怪我をさせるだけで、命まで奪う気はなかったのは救いですが、でも、新八さんはしばらく起き上がることが出来ません。今までは武士だけを標的にしていたのに……」

「次は私だと?」

師匠は厳しい顔できいた。

「私の勘に過ぎません。とんだ見当違いかもしれません。ですが、万が一のことを考えて用心していただきたいのです。もし、師匠が三味線を持てないようになったら、大事《おおごと》ですから」

「わかりました。用心いたしましょう。でも、招かれた席には出かけないわけにはいきません」

「はい。私が遠くからお見守り申し上げます」

「しかし、あなたには大きな負担が？」

「いえ。師匠のお体のほうが大事《だいじ》です。私のせいで、師匠にまでご迷惑をおかけしているのですから」

師匠はじっと栄次郎の目を見つめていたが、ふと表情を和らげ、

「では、お願いいたしましょう」

と、穏やかに言った。

自分のためというより、栄次郎の心を慮《おもんぱか》ったようだった。

「師匠の目に入らないようについていきますので」

その後、栄次郎はいつもより早い時間に稽古をつけてもらって、昼前には師匠の家を出た。

もう一度、磯平親分を探して、ようやく神田相生町《あいおいちょう》の通りで、磯平に会うことが

出来た。磯平は自分が手札をもらっている同心といっしょに町廻りをしていた。

「磯平親分」

栄次郎が声をかけると、磯平が振り返った。

「おや。矢内さま」

同心も振り返ったが、栄次郎だと知ると、磯平に耳打ちをしてすぐ歩きだした。筆頭与力の崎田孫兵衛と親しい栄次郎が煙たいようだった。

同心を見送ってから、磯平は栄次郎のそばにやって来た。

「矢内さん。何か」

「すみません。ちょっと親分にお知らせしておいたほうがいいかと思いましてね」

「そうですか。では、あちらで」

武家屋敷の裏手の空き地に、磯平は栄次郎を誘った。

そっちに向かって歩きだしたとき、同心といっしょにいた小者が戻って来た。

「親分。たいへんだ。殺しです。旦那がすぐに来てくれと」

「殺しだと」

磯平の顔色が変わった。

「矢内さま。すいませんが、お話は改めて伺わせていただきます」

「わかりました」

「じゃあ」

栄次郎に会釈をし、磯平は歩きだしながら小者に声をかけた。

「場所はどこだ？」

「神田明神の境内にある料理屋の裏手です。ホトケは池之端仲町の『山形屋』の主人松右衛門です」

栄次郎は聞き咎めた。松右衛門が殺された。まさか……。

栄次郎は磯平たちのあとを追った。

明神下から神田明神に出た。磯平は料理屋の裏手の樹がしげって鬱蒼としている場所に向かった。そこには町役人らしい男たちの姿があった。

栄次郎は野次馬たちにまじって様子を窺った。やがて、番頭らしい男がやって来て、磯平に導かれて死体のそばに行った。

磯平がむしろをめくると、番頭らしき男はうっと嗚咽《おえつ》をもらした。

ホトケは戸板に乗せられて運ばれた。

磯平たちは忙しく立ち振る舞っていて、声をかける隙はなかった。

栄次郎は町役人らしいひとりに声をかけた。

「『山形屋』の主人松右衛門どのに間違いないのですか」

「ええ、ありません。『山形屋』の番頭さんも顔を確かめました」

「殺されたのはいつですか」

「ゆうべだろうということです。失礼します」

町役人は離れて行った。

栄次郎は何か落ち着かない気分だった。これが、おりつと関わりがあることかどうかわからない。

磯平の手が空くのを待っていたが、忙しそうだった。

栄次郎は明神下に行き、新八の長屋に向かった。

部屋に新八ひとりだけだった。

「ああ、栄次郎さん」

横たわったまま、新八は顔をこっちに向けた。

「どうですか」

「ええ、きのうの夜中、痛みが激しく、熱も出たのですが、今は落ち着いています」

「そうですか。よかった」

「何か、ありましたか」

「ええ、ちょっと」

「お話しください。傷口には障《さわ》りませんから」

新八は訴えた。

「じつは、さっき神田明神境内の裏手で『山形屋』の主人松右衛門の死体が見つかったんです」

「えっ」

新八は驚いた拍子に激痛が走ったのか顔を歪めた。

「殺されたのはゆうべだそうです。まだ、詳しいことは何もわかりません。磯平親分に、『清水屋』と『山形屋』の件をお話ししようとした矢先に死体発見の知らせが入って、磯平親分にはまだ何も話していません」

栄次郎は悔しそうに言った。

「いったい何があったんでしょうか」

「気になります。あとで、磯平親分から詳しい話を聞いてきます」

そこに戸障子が開いて、おすまが入って来た。

「栄次郎さん。ひょっとして、山形屋さんが殺されたことで?」

「ええ、おすまさんの耳にも入ったのですか」

そのことでおすまがやって来たのだと、栄次郎は思った。

「はい。さっきお客さんが話しているのを聞いてびっくりしました」

神田旅籠町の『稲木屋』にやって来た客が噂をしていたようだ。おすまは栄次郎以上の知らせを持って来たに違いない。

「私は松右衛門の死体が見つかったということだけで、その他のことは何もわからないのです」

「そうですか」

新八の枕元に座ったおすまは客から聞いた話だと断ってから切り出した。

「ゆうべ、神田明神の境内の料理屋で、太物問屋の寄合があったそうです。五つ(午後八時)過ぎにお開きになったあと、清水屋さんと山形屋さんのふたりが言い合いになっていたとか」

「言い合いって、まさか、おりつのことで?」

新八が目を見開いてきいた。

「内容まで知らないようでした。でも、そうとしか考えられません」

おすまは思い詰めた目で言う。

「すると、清水屋さんに松右衛門殺しの疑いがかかる可能性がありますね」

栄次郎ははっと思いついた。

「平吉、おりつの狙いは、これだったのかもしれませんね」

栄次郎はすっくと立ち上がった。

「早いとこ、磯平親分に一切《いっさい》を話しておかないと、とんでもない方向に行ってしまいそうです。新八さん。わかったことがあったら、また知らせに来ます」

そう言い、栄次郎は新八の長屋を飛び出した。


栄次郎は新黒門町にある『清水屋』にやって来た。

店先が騒々しい。町方の姿が目に入った。栄次郎は不安になった。しばらくして、それが現実のものになった。

同心が出て来て、続いて後ろ手に縛られた清水屋杢兵衛が出て来た。その縄尻を持っているのは磯平だった。

杢兵衛は悄然としている。ほんとうに杢兵衛が殺したのか。そうだとしても、そう仕向けたのはおりつかもしれない。

だが、栄次郎の話がその証拠になり得るだろうか。当然、おりつは栄次郎の疑問などを否定するだろう。

平吉との仲も否定し、杢兵衛、松右衛門のふたりに可愛がってもらっていたが、ふたりがそれほどいがみ合っていることは知らなかった。そうとぼけることは明らかだ。

そんな中で、栄次郎の訴えがどこまで聞き入れられるか。そう考えたとき、栄次郎の話を裏付けるものがだいぶ不足していることに気づいた。

たとえば、おりつが財布を掏りとったことにしても、杢兵衛と松右衛門は拾ってもらったと思い込んでいるのだ。

栄次郎は掏ったところを見たと言っても、おりつのほうが否定すれば決め手はない。

又蔵たちが見たといっても、地回りの連中の言うことなど信じてもらえないだろう。

ふたりの男がほぼ同じ時期に財布を落としたということもありえないことではない。

こう考えると、へたに訴えて出ても何ら意味がないように思えてきた。それより、事件をもっと詳しく知る必要がある。

それからだと、栄次郎は思った。残念だが、今は奉行所の取り調べを待ち、しばらく静観するしかなかった。

翌日の昼過ぎ、栄次郎は元鳥越町の辻で師匠の吉右衛門がやって来るのを待っていた。

来月の日本橋葺屋町の『市村座』の舞台の打ち合わせのために、役者の市村咲之丞に会いに行くのだ。

ようやく師匠が内弟子を伴い、やって来た。辻の角に立っていた栄次郎に軽く目をやり、吉右衛門は素通りして行った。

少し間を置いて、栄次郎は吉右衛門のあとを追った。

蔵前通りに出て、鳥越橋を渡り、浅草御門に向かう。通りには武士や町人、僧侶、駕籠に大八車、荷を背負った馬などが行き交う。

栄次郎は辺りに目を配りながら吉右衛門のあとをつける。なんとしてでも、吉右衛門に怪我を負わせてはならない。

浅草橋を渡った。橋幅が道幅に比べて狭くなるので、一番ひとが滞りやすい。危険な場所であった。

だが、何ごともなく、橋を渡り、浅草御門を抜けた。

吉右衛門は馬喰町《ばくろちょう》を通り、小伝馬町で人形町のほうに折れた。行き交うひとは多いが、網代笠に赤鞘の侍の姿はなかった。

別の姿になって襲うということは考えられない。栄次郎に対して強く復讐を働きかけているのだとしたら、同じ姿で襲うはずだ。

何ごともなく、吉右衛門は市村咲之丞のしゃれた家に入って行った。踊りの稽古場もあり、三味線の音も聞こえて来る。

長唄の三味線だ。栄次郎は吉右衛門が打ち合わせを済ませて出て来るのを、咲之丞の家が見える場所で待つことにした。

ここまで無事だったのは、栄次郎の存在に気づいて襲撃出来なかったわけではない。かえって、目の前で襲撃したほうが栄次郎を追い込む効果があるはずだ。

そろそろ梅雨明けか。両国の川開きも迫って来た。強い陽射しを避け、栄次郎は日陰に移動した。

それから、さらに四半刻（三十分）ほど経ってから、咲之丞の家の格子戸が開いた。吉右衛門が出て来た。咲之丞の弟子に見送られて、吉右衛門は来た道を戻った。

再び、栄次郎はあとをつけて行く。吉右衛門は小伝馬町に出てから右に折れた。そのまま、まっすぐ浅草御門のほうに向かう。

網代笠の侍の姿を見てはっとしたが、刀の鞘は黒塗りであり、小肥りの体形は別人であることがすぐにわかった。

ふと、吉右衛門が立ち止まった。前方から来た絽の羽織を着た大店の主人らしい男と挨拶を交わした。

すぐにふたりは別れた。知り合いに出会ったのだ。

吉右衛門は浅草御門をくぐった。待ち伏せしていないか身を引き締めたが、何ごともなく門をくぐり、橋を渡った。

蔵前通りに入り、鳥越橋を渡って左に折れた。三味線堀から流れてくる忍川沿いを離れ、元鳥越町に戻って来た。

だが、まだ、安心は出来ない。師匠の家の近くで待ち伏せをしているかもしれない。そこで、じっと吉右衛門の帰りを待ち続けているかもしれない。

栄次郎は吉右衛門との距離を縮め、何かあったらすぐに駆けつけられるように身構えた。だが、内弟子が格子戸を開け、何も起こらずに吉右衛門は土間に消えた。

栄次郎はいっぺんに緊張が緩み、大きくため息をついた。

だが、昼間の襲撃はもともと可能性は低かったのだ。問題は明日の夜だ。気を引き締めてから、栄次郎は師匠の家の前を離れた。


元鳥越から武家地に入り、七曲がりと呼ばれている鉤《かぎ》の手にいくつも曲がっている道を抜けて向柳原に出てから神田川沿いにある佐久間町《さくまちょう》の大番屋にやって来た。

大番屋の前に立ち、戸に手をかけた。重い戸を開くと、いきなり同心の鋭い声が聞こえて来た。

「しらっぱくれても無駄だ。おめえたちが女のことで言い争っていたことはみな知っているんだ」

同心が清水屋杢兵衛を問い詰めていた。

杢兵衛は鬢を乱し、必死に何かを訴えている。

磯平が気づいて戸口にやって来た。

「矢内さま。困ります。このような場所にこられては」

「磯平親分。山形屋が殺されたときの状況を知りたいんです。教えていただけませんか」

「何かこの事件に関わりがあるんですかえ」

「ええ、多少」

磯平は迷ったようだったが、

「よござんす。じゃあ、そっちの川っぷちで待っていていただけますか。旦那に断って来ますから」

「すみません」

栄次郎は大番屋の脇を川っぷちに向かった。

神田川に船が行き交う。西陽が川面に反射していた。我が身の危険を抱えながらも、いったん首を突っ込んだことを見過ごしには出来なかった。

少し待ったが、磯平はやって来た。

「すみません。遅くなりました」

「いえ、かえって、忙しいのにお邪魔をして申し訳ありません」

「いえ、矢内さまにはいろいろお世話になっておりますから」

これまでにいくつかの難事件に手を貸して来た。そのことがあるので、栄次郎の頼みを無下《むげ》に出来ないという思いもあるのかもしれない。

「まず、なぜ、清水屋杢兵衛に疑いがかかったのか、教えていただけますか」

さっそく、栄次郎はきいた。

「じつは、清水屋杢兵衛と山形屋松右衛門との間で、おりつという女をめぐって諍《いさか》いがあったそうなんです」

磯平が話しはじめたのを、栄次郎は黙ってきいた。

「おりつは杢兵衛と松右衛門の共有の妾のような存在だったようです」

「共有の妾？」

「ええ、ふたりで納得ずくで、おりつとつきあうことにしていたようです。お互い男やもめです。そんなときに若く美しい女が現れたのです。お互い譲れず、そういう形で決着したそうです、でも内心では面白く思っていなかったようです。それ以来、杢兵衛と松右衛門の仲は険悪になっていったようです。最近、ふたりがいがみあっていたのを周囲は知っていました」

栄次郎には、おりつがふたりの男の心を弄《もてあそ》んでいたことが想像出来た。

「それできのう、寄合があり、杢兵衛も松右衛門も参加した。ところが、最初からふたりは顔を見合わせず、険悪な雰囲気だったそうです。そして、寄合がお開きになったあと、ふたりが言い合いになったそうです。仲間が止めに入ったからことなきを得ましたが、殴り合いになりかねなかったということです」

「それは誰の話なのですか」

「『鳴海屋《なるみや》』の主人の徳右衛門《とくえもん》です。徳右衛門は問屋組合の頭分《かしら》です」

磯平は続けた。

「その場は収まったと思ったようですが、外に出たあと、杢兵衛が松右衛門のあとを追いかけていったのを他の者が見ていました。仲間は気になりながらもそれぞれ引き上げ、ふたりがその後どうなったのか誰も知りません。そして、きょうになって松右衛門の死体が発見されたというわけです。そばに、『清水屋』の手拭いが落ちていました。李兵衛のものです」

「手拭いが?」

栄次郎は小首を傾げた。

「手拭いに血がついていました。おそらく、石を手拭いでくるんで殴りつけたのだと思います」

「凶器は石ですか」

「そうです。頭部が割れていました」

意外だった。が、よくよく考えれば、李兵衛に罪をなすりつけるとしたら匕首を使うのは適切ではない。

それとも、李兵衛がほんとうに殴ったのだろうか。

「李兵衛は何と弁明しているのですか」

「きのうは料理屋を引き上げてから田原町のおりつの家に行ったと言っていた。ところが、留守だったので虚しく引き上げたとのことです」

「おりつは何と?」

「家にいたということです。李兵衛がやって来たことに気づかなかったそうです」

李兵衛が嘘をついているのか、おりつが嘘をついているのか。

栄次郎はおりつを疑った。だが、証拠があるわけではない。仮に、おりつがふたりの対立を煽《あお》ったのだとしても、実際に嫉妬から杢兵衛が手にかけたのかもしれないのだ。

「親分。おりつは杢兵衛と松右衛門のふたりとつきあっていたことを何と説明しているのですか」

「生活のために、ふたりの世話を受けて、手当をもらって暮らしていくつもりだったと、おりつは言っています。こんな事件が起きたのは自分がいけなかったのだと泣いていました」

磯平は厳しい顔つきになり、

「矢内さまはこの事件にどのような関わりをお持ちなのですか」

「じつは、湯島天神の境内で、おりつは松右衛門の財布を掏りとったのです」

「何ですって」

「今となっては証拠がありません。そのとき、おりつは財布がないことに気づいて戻って来た松右衛門に掏りとった財布を拾ったと言って返したのです」

「矢内さま。おりつは元は商家の娘だったそうです。商売がだめになって店を畳んだあと、ふた親が相次いで死に、今は女中とふたり暮しだということでした。おりつが掏摸だとは考えられません」

「おそらく掏りとったのは女中のおとしという女です」

「さあ、どうでしょうか。仮にそうだとしても、それは松右衛門に近付くための手段だったのでしょう。そして、うまく妾のような存在になった。あわよくば、後添いに収まろうとしていたのかもしれません。確かに、杢兵衛にも近付き、ふたりを操っていたのは非難されるべきでしょうが、その報いはおりつも受けたのです」

「報い？」

「ええ。おりつにとってふたりは悪くいえば金のなる木だったのです。その二人をいっぺんに失ってしまったのです」

磯平はおりつの考えた筋書きにはまってしまった。栄次郎はそうとしか思えなかった。

「いずれにしろ、松右衛門を殺したのは杢兵衛に間違いありません」

磯平は言いきった。

「おりつには平吉という間夫《まぶ》がいるようです」

「旦那を持ちながら間夫のいる女は珍しくありません。残念ながら、今回は矢内さまの見立て違いのような気がします」

「残念ながら、磯平親分に異を唱えるだけの証拠はありません」

栄次郎は白旗を揚げるように言った。

「じゃあ、よございますか。そろそろ、戻らないと」

磯平は大番屋のほうを気にして言った。

「ええ、お忙しいのにすみませんでした」

栄次郎が言うと、磯平は無駄な時間を過ごしたと言わんばかりの急ぎ足で大番屋に戻って行った。

おりつが疑われないのは、松右衛門が殺され、杢兵衛が下手人として捕まり、いっぺんにふたりの旦那を失って、来月からの手当をもらう当てがなくなったからだ。

今回の事件で、おりつには何の利益がないどころか、明日からの暮しにも困る事態になりかねない。

だから、磯平もおりつを犠牲者としかみていないのだ。

しかし、おりつがふたりの共有の妾だったとは信じることが出来ない。杢兵衛と松右衛門はお互いにおりつを自分だけのものと思っていたのではないか。

西陽を避けるように、栄次郎は神田川の下流に顔を向けた。ふと、対岸の柳原の土手に網代笠の侍がこっちを見て立っているのに気づいた。

やがて、網代笠の侍は踵を返した。赤い鞘が目に入った。栄次郎は茫然と立ちすくんでいた。

第三章　師匠の技

一

翌日の夕方。辺りが薄暗くなって来た。

目の前を師匠の吉右衛門が内弟子とともに家を出た。栄次郎はきのうと同じように、少し離れて、吉右衛門のあとをついて行く。

蔵前通りに出て、浅草橋に向かう。今夜は、酒問屋の旦那に薬研堀の料理屋に招かれているのだ。

夕暮れの薄闇の中で、行き交うひとの顔は暗くて定かではない。だが、敵は網代笠をかぶった侍だ。その特徴は暗くてもわかる。

吉右衛門は浅草橋を渡った。この付近がもっとも襲撃されやすい場所だが、敵は隠れてふいを襲うような姑息《こそく》な手段はとらないように思えた。

浅草御門を抜けた吉右衛門は両国広小路に向かった。ようやく梅雨が明けたのか、きょうも日中は強い陽射しで暑かった。夕方になっても、暑さはまだ引かず、広小路にはまだひと出が多かった。

左手に両国橋を見て、吉右衛門は薬研堀のほうに向かう。だんだん、ひとの姿はまばらになってきた。

ここまで、網代笠の侍の姿は目に入らなかった。

大川からの入り堀である薬研堀に橋がかかっている。元柳橋で、吉右衛門はその橋を渡った。

橋を渡ったところに『久もと』という料理屋があった。ここは、岩井文兵衛の行きつけの料理屋で、栄次郎も何度も座敷に上がったことがある。

しかし、吉右衛門が向かったのはその先にある料理屋だった。吉右衛門が料理屋の門を入って行くのを確かめ、栄次郎はひと息ついた。

一刻（二時間）は出てこないと思うが、ここから離れるわけにはいかない。網代笠の侍も必ずこの付近にいるに違いない。

もちろん、網代笠の侍は栄次郎に気づいているはずだ。だが、敵の狙いが栄次郎であっても、この場では襲って来ない。

まず、吉右衛門を襲う。栄次郎はそう確信している。栄次郎をいっきに殺すつもりなら、とうにやっているはずだ。そもそも、袂を切るという迂遠《うえん》なやり方で威しをかけるのは、じっくり始末する。そういう腹積もりなのだ。

徐々に栄次郎を恐怖に陥れ、そして恨みの正体に気づかせ、その上で恨みを晴らす。それが相手の目論見なのだ。

栄次郎は料理屋の周辺を歩きまわってみた。大川の川っぷちから薬研堀の周囲をまわり、料理屋の裏手にも足を向けた。

だが、怪しいひと影はなかった。

栄次郎はもとの場所に戻った。料理屋の門が見通せる場所だ。新たな客が入って行く。商家の旦那ふうの男だ。

どこかから芸者の弾く三味線の音が聞こえて来た。

潮来《いたこ》出島の真菰《まこも》の中に、あやめ咲くとはいじらし……

もともと民謡から生れた俗曲の『潮来出島』である。あやめとは、遊女のことだと聞いたことがある。

やがて、賑やかな男女の入り交じった声。酒席は大いに盛り上がっているようだ。

ここに来て、半刻（一時間）ほど経った。ふと、風に乗って三味線の音が聞こえて来た。別の料理屋の座敷からだろうと思ってさして気にしなかったが、ふと栄次郎は弾けたようになった。

耳を傾ける。『秋の夜』だ。決してうまいわけではない。だが、この音は本所で聞いた音と同じだ。

栄次郎は耳をそばだて、音のしている方向を探した。

両国橋のほうだ。栄次郎はそこに足を向けた。かつてこうしてお露が弾く『秋の夜』を求めて夜の町を彷徨《さまよ》ったことを思い出す。

元柳橋を渡ったとき、三味の音が止んだ。栄次郎は立ち止まった。

耳をそばだてる。聞こえて来るのは風の音だけだった。確かに、『秋の夜』だった。そして、本所で聞いた音と同じだ。同じ人間が弾いていたのだ。

栄次郎は両国橋のほうに向かった。だが、二度と三味の音は聞こえて来なかった。

栄次郎は引き上げた。再び、元の場所に立った。

しかし、さっきの三味線の音が気になる。なぜ、『秋の夜』なのか。

そこに何か意味があるのか。意味があるとすれば……。

まさか、網代笠の侍はお露に所縁《ゆかり》の者なのか。だが、何年も前のことだ。それとも偶然か。

ふいに、栄次郎はお露の唄声を幻聴のように蘇らせた。

秋の夜は
長いものとはまん丸な
月見ぬひとの心かも
更けて待てども来ぬひとの
訪ずるものは鐘ばかり
数う指も寝つ起きつ
わしや照らされているわいな

秋の夜長に丸い月。待ち人の来ない切なさが心に響いて来る唄声だった。訪れるものは鐘の音ばかり、音がするのは鐘の音だけだという寂しさが胸に迫ってくる。愛しいひとを待つ女心を唄ったように思える。だが、岩井文兵衛はこの唄に別の解釈を加えた。

佐渡に流された江戸の男が望郷の念で作ったという節もあるという。待てども来ぬひとというのは恩赦のことだと。

文兵衛から聞いたあとに、『秋の夜』を聞いたとき、栄次郎の脳裏に浮かんだのは野原の一軒家に住む美しい女の姿ではなく、波が激しく打ち寄せる絶海の孤島だった。そこの廃屋にひとりの男が都からの恩赦の便りを待っている。

たとえてみれば、鹿ケ谷《ししがたに》での平家討伐の謀《はかりごと》を密告され、鬼界島《きかいがしま》に流されて一生を過ごした俊寛《しゅんかん》。あるいは、関が原の戦いのあと、家康によって八丈島に流された豊臣方の宇喜多秀家《うきたひでいえ》。

そのような絶海の孤島にいる男のことを思い浮かべたのだが、あるいはこの唄にはもっと別な解釈が出来るのかもしれない。

更けて待てどもとは、死んでから何年も経つのに、いまだ仇を討ってはくれない。いつか、仇を討ってくれる日を指折り数えて待っていると……。

それほどの恨みがあるというのか。しかし、思い当たることはない。

栄次郎はかぶりを振った。考えすぎだ。まさに、敵の術中にはまってしまっている。

そう自分に言い聞かせた。

だが、二度も『秋の夜』を聞いたことは、もはや偶然とは考えられない。敵は何らかの意図で、これを栄次郎に聞かせているのだ。

お露と栄次郎の関係を知っている人間だろうか。

五つ（午後八時）を告げる鐘の音が聞こえてきた。またも、『秋の夜』を思い出した。

それから、しばらくして、空駕籠がやって来た。誰かの迎えだ。

料理屋の門から女将らに見送られて、数人の男が出てきた。恰幅のよい大店の旦那ふうの男と細身の吉右衛門が並び、その後ろに供の者がついて来た。

恰幅のよい男が駕籠に乗り込んだ。駕籠の脇に供の者が並んだ。

吉右衛門は駕籠を見送ってから内弟子といっしょに歩きだした。

元柳橋を渡り、両国広小路を横断する。昼間の賑わいが嘘のように閑散としている。

浅草御門に近付いたとき、ふと吉右衛門の左手のほうからなにやら黒い影が吉右衛門に近付くのがわかった。

油断していた。暗がりからいきなり黒い影が現れたのだ。

「師匠」

走りながら、栄次郎は怒鳴った。

だが、すでに黒い影は吉右衛門に迫っていた。白刃《はくじん》が光った。吉右衛門は右側に倒れ込んだ。その上を、白刃が掠めた。

「待て、曲者」

栄次郎が到着したとき、網代笠の侍は剣を鞘に納め、そのまま暗闇の中に消えた。

栄次郎は追うことを諦め、吉右衛門に駆け寄った。

「師匠。お怪我はありませんか」

「だいじょうぶです」

吉右衛門はゆっくり起き上がり、着物の埃《ほこり》を叩いた。

「吉栄さんが声をかけてくれたので助かりました」

「でも、よく敵の反対側に倒れ込むことが出来ましたね。倒れ込んでなければ斬られていたはずです」

「ええ、とっさでした。栄次郎さんの声を聞いたあと左側に微かな音を感じたのです」

「音ですか」

「はい。胸の鼓動です。なぜか、その音を感じ、とっさに倒れ込んだのです」

「胸の鼓動」

殺気を感じたのではない。網代笠の侍の胸の鼓動を感じたという。他人の胸の鼓動がわかるのか。

「偶然かもしれません。胸の鼓動を聞いたと思ったのは幻聴だったかもしれません」

吉右衛門は自分でもよくわからないと言った。

それから、元鳥越町の家まで送り、栄次郎は誘われるままに部屋に上がった。そして、茶を馳走になりながら、さっきの胸の鼓動にこだわった。

「師匠には他人の胸の鼓動が聞こえるのですか」

栄次郎は不思議そうにきいた。

「いいえ。そんなことは無理です。ただ」

湯呑みを持ったまま、吉右衛門が言った。

「私は三味線を弾くときに無意識のうちに自分の胸の鼓動を意識しているようにしています」

「胸の鼓動を意識ですか」

驚いてきき返した。

「そういえば、いつぞや師匠と雨垂れの音について話したとき、師匠は何か言いかけて中断したままになっていました。ひょっとして？」

「ええ、そうでした。三味線の音と心の臓の音が同調したとき、私にとって掛け替えのない音になるのです。全身をかけめぐる血の流れる音、脈打つ音。それらは、無意識のうちに私の耳に入って来ます」

「………」

栄次郎は言葉を失った。

まさか、そんなことが三味線の音に影響を及ぼすのかという思いと、胸の鼓動を聞くことが出来るのかという思いがない交ぜになっていた。

もし、この話を吉右衛門以外の人間から聞いたら一笑に付していたかもしれない。吉右衛門の身内が震えるほどの音色の源はそこにあるのか。

ひょっとして、お露の魂を揺さぶるような音色も同じなのか。

吉右衛門の話に真実味をもたらせているのは、さっきの光景だ。もし、あのとき、網代笠の侍のほうに倒れ込んでいたら、吉右衛門は大怪我を負っていただろう。

吉右衛門は反対側に倒れたのだ。

「さっきは、やはり他人の胸の鼓動が聞こえたのですね」

栄次郎は確かめた。

「今から思うと、ほんとうにそうだったのかわかりません。ただ、あのときはそんな気がしてとっさに反対側に倒れました」

他人の胸の鼓動を聞く。動物並の鋭い聴力を持っているのか。

「どうしたら、胸の鼓動を聞けるようになるのでしょうか」

「胸に手を当て、自分の鼓動を知ることです。そして、その間に合わせて糸を弾くように心がけるのです」

「やってみます」

「ただし、これは私だけの考えであり、世間で通用する考えとは違うということを承知しておいてください」

「わかりました。あっ、だいぶ遅い時間になりました。そろそろ失礼いたします」

栄次郎は立ち上がった。


本郷の屋敷に帰ると、兄に呼ばれた。

兄の部屋で差し向かいになると、兄は難しい顔できいた。

「栄次郎。その後、網代笠の侍はどうだ?」

「ええ。じつは先日の新八さんに続いて、今夜吉右衛門師匠が襲われました。でも、師匠は間一髪逃れて無事でした」

「そうか。吉右衛門師匠が襲われたか」

　兄は呟いてから、

「栄次郎。どうだ、そなたひとりでは荷が勝ち過ぎよう。用心のために、手練《てだれ》の者をつけよう」

「いえ、まだ、私を襲うともはっきりしていません。それなのに、警護の者をつけてもらうわけにはいきません。それに公私混同はよろしくありません」

「なれど」

「兄上。もし、私の周囲に護衛がついたら、敵は私に手を出せなくなります。そうなったら、今度はまた私の身近な人間に刃が向けられるようになるかもしれません。今度は女とて容赦なく」

　お秋やおゆうの身に危険が及ぶ可能性がある。

「もうしばらくこのままで」

「しかし」

　兄は納得いかないようだ。

「では、何か手伝うことはあるか。敵の正体を摑む手掛かりはないのか」

「いえ、残念ながら」

お露のことは口に出せなかった。お露との関わりを疑わせるのは『秋の夜』の三味線の音だけだ。

それだけで、お露がらみだということは言いきれない。

「まあ、いずれにしろ、何かあったら、わしに言うのだ。よいな」

「はい」

栄次郎は時間も遅いので引き上げようと思ったが、兄はまだ何か言いたそうだった。

なるほど、本題はこれからではないのかと思った。

「兄上。何か」

「いや」

兄は言いづらそうだった。兄の不機嫌そうな表情の裏には照れ隠しがあることはよくわかっている。

栄次郎は察した。

「深川ですね」

『一よし』という遊女屋だ。

「う、うむ」

兄はいっそう気難しそうな顔をして唸った。

「だいじょうぶですよ。もう、敵は兄上には襲いかかりません」

「そうか。おぎんが待っているといけないのでな。出来たら、そなたも行けるといいのだが、どうも兄弟であのような場所にはな」

「兄上。行ってらしてください。だいじょうぶですよ」

「わかった」

兄の表情が明るくなった。

「では、私はこれで」

栄次郎は自分の部屋に下がった。

ふとんに入っても、すぐに寝つけなかった。

網代笠の侍のことで、兄には手掛かりが何もないと言ったが、『秋の夜』には意外に重大な手掛かりとなり得るものがあるのだ。

それは敵が栄次郎のことをずいぶん調べているということだ。網代笠の侍が調べているとは思えない。栄次郎の身近に敵の仲間がいるに違いない。

これまで被害に遭ったのは栄次郎以外に、兄、坂本東次郎、新八、そして吉右衛門師匠だ。

こう考えると、兄は別として、みな吉右衛門門下だ。新八は今は稽古に来ていないが、以前は稽古に通っていた。

なぜ、今までこのことを重視しなかったのかと、栄次郎は自分の迂闊《うかつ》さを責めた。

弟子の中に、網代笠の侍の仲間がいるのかもしれない。

いたとしても、古い弟子ではない。栄次郎が知っているひとたちはみな信用出来る。

稽古の時間帯はそれぞれほぼ決まっているから、違う時間帯の弟子と顔を合わせることはない。

弟子が全員集まったのは一月末に行われた新年のお浚《さら》い会だ。それ以降、弟子入りをした者がいたとしても、栄次郎は知らない。

新しい弟子のことを調べてみる必要がある。こういうとき新八が身動き出来ないことは痛手だった。

二

翌日、栄次郎は稽古日ではなかったが、元鳥越町の師匠の家に行った。

朝早い訪問に拘わらず、師匠は応対をしてくれた。

「新しいお弟子さんですか」

吉右衛門は不思議そうな顔をした。

「はい。どういうひとが仲間に入られたのか、一応知っておきたいと思いまして」

網代笠の侍の仲間の可能性を告げることは出来なかった。

「五人、新しくお入りになりました」

「五人ですか」

「そうです。ひとりは米問屋の旦那の……」

吉右衛門は五人の新しい弟子の名を口にしていった。栄次郎も知っている商家の旦那や隠居、それに近所の職人たちだったが、おやっと思うのがひとりだけいた。

柳橋の近くにある仕出し料理屋の奉公人だ。岡持《おかもち》を持って料理を配達している男で、安吉《やすきち》という二十八歳の男だという。

「安吉さんの稽古日はいつなのですか」

「吉栄さんと同じ日ですが、いつも午後です」

「そうですか」

同じ稽古日でも、時間帯が違えば会うことはない。

疑うわけではないが、気になることは調べておこうと思った。吉右衛門から、安吉が奉公している仕出し屋の場所を聞いて、栄次郎は師匠の家を辞去した。

栄次郎は蔵前通りに出て浅草橋に向かった。太陽が高く上って来た。きょうも暑くなりそうだった。

浅草橋の手前を大川のほうに曲がった。神田川が大川に流れ出る手前に柳橋がかかっている。

仕出し屋はその橋の手前にあった。

栄次郎はその店の前を通った。まだ、昼前であり、仕込みの最中のようだ。行き過ぎて柳橋を渡る。

渡った右手は下柳原同朋町と吉川町で、料理屋が多い。そこから引き返し、再び柳橋を渡る。

来た道を戻り、仕出し屋の前を通った。そのとき、店から二十七、八歳の男が出て来た。色白の目尻のつり上がった男だ。鼻筋が通って、引き締まった口許をしているが、どこか軽薄な感じは否《いな》めない。水の入った桶を持っている。

通りに水を撒きに出て来たのかもしれない。だが、栄次郎の顔を見て、一瞬硬直したようになった。

そのあと、軽く会釈をし、栄次郎が行き過ぎてから道に杓で水を撒きはじめた。途中、振り向くと、手を休めて栄次郎のほうを見ていた。

栄次郎の顔を見て、あわてて水撒きを続けた。

あの男が安吉かもしれない。いつから、あの仕出し屋で働いているのか。吉右衛門師匠のところに弟子入りをするために仕出し屋に奉公するようになったのではないのか。

栄次郎は安吉に不審を持った。あの男は栄次郎のことを知っていた。そして、こっちを見つめるときの目は尋常ではなかった。

あの男が網代笠の侍の手先かどうか、まだわからない。だが、あの男を調べてみる必要がある。

またも、新八が動けないことを残念に思った。


翌日の稽古日、栄次郎はいつもより遅い時間に師匠の家に入った。横町の隠居が稽古をはじめていて、ふたりが順番を待っていた。

「吉栄さん、きょうは遅かったじゃないですか」

八百屋の亭主が団扇《うちわ》を使いながら声をかけた。

「ええ、ちょっと新八さんのところに寄って来ましたので」

栄次郎は答えた。

新八のところに寄ってきたのはほんとうだった。

「新八さん、怪我をしたんだそうですね」

煙管《きせる》を片手に、古着屋の旦那がきいた。

「えっ、よくご存じですね」

師匠から聞いたのかと思ったが、師匠がそんなことを話すはずがない。

「六《ろく》さんから聞いたんですよ」

「六さんがどうして？」

六さんとは六蔵《ろくぞう》といい、神田花房町に住む足袋職人である。

「一膳飯屋の『稲木屋』で、何度か新八さんと会ったことがあるそうです。新八さんの怪我のことは『稲木屋』の女から聞いたそうです」

六蔵はおすまから聞いたようだ。

「足なので、新八さんは動けないのです」

「とんだ災難でしたね」

「ところで、新八さんはもうお稽古に来ないんですかえ」

八百屋の亭主が眉根を寄せてきいた。

「いえ、本人はやめる気はないみたいですが、どうも敷居が高いようで」

「みな、気にしていませんよ。大金持ちだろうがなかろうが、私たちの仲間であることには変わりないんですからね。怪我が治ったら、また稽古をはじめるように言っておいてくださいな」

相模でも指折りの大金持ちの三男坊という触れ込みだったが、それが嘘だとばれて、御徒目付の手先のようなことをしていると、みなに知れてしまったのだ。

「そう言っていただけると、新八さんも喜ぶでしょう。伝えておきます」

栄次郎は新八に代わって礼を言った。

さっき新八のところに寄ると、おすまが来ていて甲斐甲斐しく看病していた。一昨日、師匠が襲われたが無事だったことを話し、あまり焦らないようにと言って引き上げて来た。新八は自分が役に立てなくなったことでずいぶんと責任を感じていたのだ。

三味線の音が止んだ。横町の隠居の稽古が終り、入れ代わって八百屋の亭主が師匠のもとに向かった。

「ご隠居。いつもながら渋い声ですな」

古着屋の旦那がおだてる。

「いやあ、なかなか」

隠居が満更でもない顔をした。

そこに格子戸が開いて、おゆうがやって来た。

「まあ、栄次郎さん」

おゆうは目を輝かせた。

「栄次郎さん、もうお帰りですか」

「いや、まだ稽古が済んでいないんです」

「ほんと、よかった」

おゆうは弾んだ声を出した。

「さてと、引き上げるとするか」

横町の隠居が腰を浮かせた。

「おゆうさん、あまり吉栄さんといちゃつくと師匠から叱られるよ」

「まあ、ご隠居さんたら」

おゆうは隠居を睨み付けた。

その後、古着屋の主人が稽古を終え、栄次郎の順番になった。

栄次郎は師匠の前に行った。そして、見台《けんだい》の前に座り、

「よろしくお願いいたします」

と、あいさつをした。

師匠は安吉のことや襲撃のことなどよけいなことを一切言わなかった。他の弟子の耳に入るからだけでなく、すべて栄次郎を信用して任せているからだろう。

師匠の指導のもとに『吾妻八景』の稽古をしながら、栄次郎は自分の胸の鼓動を意識しながら弾こうとしたが、糸の音にかき消され、胸の鼓動は聞こえなかった。かえってそっちを意識したぶん、糸のほうの集中が薄れ、何度か師匠の注意を受けた。

稽古が終わり、師匠に礼を言い、栄次郎は見台の前から下がった。

隣りの部屋に行くと、おゆうと若い男がいた。安吉だった。

安吉は一瞬、鋭い視線を栄次郎に送ってから顔を背けるように俯いた。

「栄次郎さん。まだ、帰らないでくださいね」

おゆうは栄次郎に念を押し、師匠のもとに向かった。

安吉とふたりきりになった。

「安吉さん、ですね。矢内栄次郎です」

栄次郎は声をかけた。

「へい」

安吉は顔を上げたが、すぐ下を向いた。

「いつからお稽古を?」

「ちょうどひと月前になります」

「きのうお店の前でお会いしましたね」

「へえ」

「あそこで働いているんですか」

「へえ」

「いつからですか」

安吉はいやな顔をした。

返事がない。栄次郎に反感を抱いているようだ。安吉は栄次郎を知っていたようだ。

栄次郎は安吉に心当たりはない。

稽古場からおゆうの唄声が聞こえて来る。

安吉が網代笠の侍の仲間かどうかはわからない。だが、弟子入りをしたのがひと月前ということと、栄次郎に反感を抱いているらしいことが気になった。

もう少し、いろいろなことを訊ねようとしたが、格子戸が開いて新しいお弟子さんがふたり同時に入って来たので、栄次郎は安吉への質問を諦めざるを得なかった。

入って来たのは鳥越神社境内にある料理屋の女将と小間物屋の主人だった。

「あら、栄次郎さん、ここでお会いするなんて」

女将が声を張り上げた。

「お久し振りです。きょうはいつもより遅くなってしまいました」

栄次郎はふたりに言い訳したが、実際には安吉に対しての意味合いもあった。安吉に警戒されるのは拙《まず》い。

「安吉さんも熱心にお稽古に来てくれてうれしわ」

女将がひとりで喋っていて、小間物屋の主人はただにこやかに笑っているだけだった。

おゆうが稽古を終えて、戻って来た。

「安吉さん、どうぞ」

おゆうが安吉に声をかけた。

またも、安吉は栄次郎に鋭い一瞥《いちべつ》をくれてから立ち上がった。妙だ。安吉が網代笠の侍の仲間だとしたら、これほど露骨に敵意を剝き出しにするのは不自然なような気もする。

網代笠の侍は沈着冷静な男だ。決して焦って栄次郎を襲おうとしない。じわじわといたぶるように攻めてくる。

だが、安吉の態度はそれとは真逆だ。それに、栄次郎は安吉の目がたえずきょろきょろ動いて落ち着きがないことに不審を持った。

安吉は立ち上がって師匠のところに向かいかけて、ふと立ち止まり、おゆうに振り向いた。おゆうは気づかずに女将と話をしている。

そうか、と栄次郎は気がついた。おゆうだ。安吉はおゆうを意識しているのだ。そう考えれば、栄次郎に敵意を剝き出しにする理由もわかる。

「栄次郎さん、帰りましょう」

安吉の唄声が聞こえて来てから、おゆうが言った。

「では、お先に」

栄次郎はふたりに挨拶をし、壁に立てかけておいた刀を持って土間に向かった。

外に出ると、強い陽射しが襲って来た。

鳥越神社の前から武家地に入る。

「おゆうさん。あの安吉というひと、おゆうさんのことをずいぶん気に入っているように思えますが」

栄次郎がきくと、おゆうは細い眉を寄せた。

「そうなんです。いつも私がお稽古を終わるのを待っていて、帰るときいっしょについてくるんです。きょうは私のほうが早かったからよかったんですけど」

「安吉さんは長唄を習いに来ておゆうさんを知ったのですか。それとも、以前から？」

「ときたま、あの近くにある料理屋さんにおとっつあんたちと行くんですけど、いつもその前を通ります」

「じゃあ、そのとき安吉さんはおゆうさんを見かけていたのかもしれませんね」

「ええ。じつは、ときたま誰かにつけられているような気がしていたことがあったんです。今から考えると、安吉さんだったようにも……」

「そうですか」

栄次郎は憂鬱になった。

安吉は本気で長唄を習おうとしているわけではないのかもしれない。おゆうに近付くためか。

「あのひと、お稽古場で待っているときも気持ち悪いんです。じろじろ私を舐めまわすように見たり、他に誰もいなければ手を握って来たり」

おゆうはちょっと迷ってから、

「だから言ってやったんです。私には栄次郎さんがいますからって。すみません。そう言えば、諦めてくれるかと思ったんです」

「それでですか」

「えっ、何か」

「ええ、安吉さんは私に敵意のある目で睨み付けるのです。いったい、何があったのかと思っていたのですが。すべて合点がいきました」

網代笠の侍とは無関係だったのだ。

武家地を抜けて、向柳原に出た。

「おゆうさん。ひとを疑うわけではありませんが、あの男の目には狂気のようなものがあります。これからはひとりで外出しないほうがいいでしょう」

「でも、お稽古の行き帰りは?」

「時間帯をずらしましょう。しばらくの間、私と同じ時間に来ませんか。師匠に私から説明しておきますから」

「そうしていただけると安心ね。栄次郎さま、うれしい」

おゆうは無邪気に喜んだ。

おゆうを家まで送ってから、栄次郎は引き返した。三味線堀を通って、浅草黒船町のお秋の家にやって来た。

途中、網代笠の侍の襲撃に警戒をしたが、現れる気配はなかった。栄次郎がずっと引っかかっていることがあった。

網代笠の侍は続けて動かないということだ。最初、栄次郎の着物の袂を切ったあとに兄の袂を切ったのはふつか後。そして、それから数日後に坂本東次郎の袂を切った。もちろん、兄の場合にしても深川に遊びに行くときを狙っていたのであれば、そのときにしか機会はなかったであろう。

だが、東次郎はほぼ毎日のように日本橋小舟町のおみよの家に行っている。その気になれば、兄の袂を切った翌日でも実行出来たはずだ。だが、しばらく間隔が空いた。

それから新八にしてもそうだ。ただ、吉右衛門師匠の場合、薬研堀の料理屋の帰りを狙っていたのだとしたら、あの日しかなかったが……。

網代笠の侍はふだん何らかの用事があって外に出られない。たとえば仕事を持っている人間で、仕事が休みのときに犯行をくり返している。そういうことではないのかと、栄次郎は考えたのだ。

あの侍はどこかに仕官している身であろうか。いや、そうは思えない。ちゃんとした武士ではないような気がする。つまり、浪人だ。

あるいは、どこかの道場で剣術を教えている身かもしれない。稽古日以外に動き回っている。そういう時間の制約がある男だ。ただ、その間隔は一定の規則があるわけではない。そこがわからない。

そんなことを考えながら、栄次郎は黒船町のお秋の家にやって来た。

二階の小部屋に入ると、真っ先に窓の外を見る。網代笠の男が立っていたのは一度だけだったが、いつまた立っているのではないかという恐れを抱いた。

だが、きょうも怪しいひと影はなかった。

「栄次郎さん、少しここにいていいかしら」

珍しく、お秋が言った。

「どうしたんですか」

栄次郎は不審に思った。

「たまには栄次郎さんと静かに語り合いたいと思って」

お秋は寂しそうに笑った。

「そうですか」

お秋は二階の空いている部屋を密会の男女の逢引きのために貸していたが、最近、客を断っている。

それはお秋に苦い思い出があるからだ。お秋は、逢引きの相手にすっぽかされた男と親しくなり、たいへんな事件に巻き込まれたことがあった。一時はその男に夢中になり、旦那の崎田孫兵衛とも別れるつもりになっていたのだ。

だが、相手の男が仲間に殺され、お秋の夢は破れた。それ以来、部屋を逢引き客に貸すことを控えている。

そのことは三味線の稽古をする上では結構なことだ。客がいれば、遠慮しなければならず、思い切って三味線を弾けない。

だから、逢引き客を受け入れないのは歓迎すべきことなのだが、逆に言えば、お秋はまだその男のことを引きずっているようでもあった。

お秋に以前のような奔放な明るさがないのだ。

「お秋さん。まだ、あの男のことが忘れられないのですね」

栄次郎は顔色を読んできいた。

「いえ、そんなことないわ。もう、あれから何カ月も経つもの。でも」

「でも、なんですか」

「でもね、この辺りに何か詰まっているような気がして」

お秋は胸を押さえた。

「わかります」

自分もそうだったと、栄次郎は思った。

門付け芸人のお露と生れてはじめて命懸けの恋をしたのだ。悲劇に終わったあと、栄次郎は生きる気力を失った。

旅に出たことがきっかけで、ようやく悲しみを乗り越えることが出来たが、栄次郎に地獄のような日々が続いた。

だから、お秋の気持ちがよくわかった。

自分といっしょにいることで気が晴れるならと思っていると、梯子段を上がって来る音がした。

「栄次郎さま。磯平親分が下に」

「磯平親分が？」

問い返してから、栄次郎はお秋を見た。

「邪魔が入ったわ」

お秋は寂しそうな笑みを浮かべた。

「栄次郎さん。行ってらして」

お秋はそう言って立ち上がった。

栄次郎は階下に行った。土間に、磯平親分が待っていた。

「矢内さま。すみません、押しかけて」

　磯平は体を屈めて言った。

「どうかしましたか」

「へえ、清水屋杢兵衛のことで」

　ここではちょっとという顔をしたので、

「出ましょうか」

　と言い、栄次郎は土間に下りた。

　外に出て、川っぷちに向かった。

「主人がいなくなった『山形屋』と『清水屋』は今どうなっているんですか」

「『清水屋』のほうは伜がいるので親戚の援助でなんとか商売を続けていますが、なにしろ主人がひと殺しということで客足がさっと引いてしまったようです」

「そうですか」

「『山形屋』は跡継ぎもなく、こっちも『清水屋』ほどではありませんが、松右衛門がいなくなってかなり商売に響いているようです」

　磯平はやりきれないように言ってから、

「じつは、清水屋杢兵衛が自分は殺していないと言い張るんです。それから、自分はおりつを妾にした覚えはない。おりつとは好き合ってつきあったのであり、妾だと言っているのだとしたら、おりつが嘘をついているのだと言い出しましてね」

「そうですか」

「清水屋とおりつの言い分が真っ向から対立しているんです。ただ、おりつが仕組んだのだとしても、その理由がわかりません」

「で、杢兵衛は？」

「小伝馬町の牢送りになりました。牢送りにしたあとで、どうも矢内さまが引っかかっていることが気になりましてね。うちの旦那はとりあってくれませんし、どうしたものかと、気がついたら矢内さまを訪ねて来たというわけです」

どうやら、疑問を持ったのは磯平だけらしい。

「親分。私はおりつとおとしのふたりが掏りとった財布を拾ったと言って、山形屋に近付いたのを見ています。また、地回りの又蔵がおりつとおとしが清水屋から財布を掏ったのを見ていました。ふたりは後日、清水屋に財布を届けました。ふたりに近付くためです。ですが、掏ったという証拠はありません。ふたりに否定されればそれまでです」

栄次郎はさらに続けた。

「ただ、妾になりたいためにそこまでするとは考えられません。それに、おりつがふたりと関係を持ってから事件が起こるまであまりにも短過ぎます。最初から、こうなることを計算して、おりつは山形屋と清水屋に近付いたのです」

「そうですね。今では、まんまとあの女にやられたような気がしています」

磯平は難しい顔を大川に向けた。

「じつは心配なのは、清水屋がすべてを諦めかけているようなんです。数年前に内儀を亡くし、今また夢中になったおりつに裏切られて絶望しちまったようなんです。このままでは、お白州で罪を認めちまうかもしれません」

「調べてみましょう。このままにしてはおけません」

栄次郎は気負って言った。

「何か手立てはありますかえ」

「おりつとおとしに近付いてみます。きっと尻尾をつかんでみせます」

我が身に襲いかかる危険のことが脳裏を掠めたが、清水屋のことも放っておけなかった。ふたりに近付く算段を考えたが、あることに閃《ひらめ》いた。

磯平がすがるような目を栄次郎に向けていた。

三

翌日、おりつの家を、湯島界隈の地回りの又蔵がふたりの弟分といっしょに見張っている。栄次郎は又蔵たちを見ていた。

午後になって、おりつとおとしが家を出た。又蔵たちがあとをつけた。おりつとおとしは東本願寺の角を稲荷町のほうに曲がった。下谷に向かうつもりか。

又蔵たちは東本願寺の裏門に入った。境内を駆け抜け、表門に急ぐのだ。

栄次郎はゆっくりおりつたちのあとを追って東本願寺の角を稲荷町方面に曲がった。

おりつたちが東本願寺の表門に差しかかったとき、ちょうど又蔵が参道から通りに出て来て、おりつたちと鉢合わせになった。

「おや、てめえたちは、いつぞやの女だな」

又蔵が大声を張り上げた。

「なんですか、おまえさんたちは？」

おとしが又蔵の前に出た。

「湯島天神で出会った俺っちを見忘れたか」

又蔵がわざと強圧的に出た。周囲の人間は怖がって遠巻きに見ているだけだった。

「ここで会ったが百年目。きょうはつきあってもらうぜ」

又蔵はおりつの手を摑んだ。

「やめて」

おりつが叫ぶ。

頃合いは見計らって、栄次郎は飛び出した。

「やめないか」

栄次郎はつかつかと又蔵に近付き、おりつの手首を摑んでいる又蔵の腕を叩いた。

「いてえ、何をしやがる」

又蔵は大仰《おおぎょう》に叫ぶ。

「おや、おまえたちはいつぞやの？」

「やっ、あのときの……」

「またしても、邪魔しやがって。覚えていやがれ」

又蔵たちは駆け出して行った。

へたな芝居だと、内心ではひやひやしたが、おりつたちには気づかれなかったようだ。

「あのときのお武家さま」

おとしが近寄って来た。

「やあ、あなたたちでしたか」

栄次郎もへたな芝居を打つ。

「二度までもお助けいただきありがとうございました」

おとしが言うと、おりつも美しい顔を向けた。

なるほど、改めて見ると、鼻が少し上を向いて小生意気そうだが、そこが逆に顔全体を引き締め、かなりの美形だ。清水屋、山形屋が夢中になるのも無理はないと思った。

「ほんとうに助かりました」

おりつがていねいに頭を下げる。

「いやあ、礼には及びません」

「でも、このようなところでまたお会いするなんてほんとうに奇遇です。お嬢さま、せっかくですからお寄りいただいたら」

おとしがおりつに言う。

「ええ、ほんと。これも何かのご縁だと思います。どうぞ、お寄りください」

どこぞに出かけるところではなかったのか、と栄次郎は思った。

「どうぞ、家はこの近くでございますから」

おとしが勧める。

「でも、それは厚かましい」

「いえ、構いません。どうぞ」

「じつは、暑くて喉が乾いておりました。お水でも頂戴出来たら助かります」

「ええ。さあ、どうぞ」

ふたりは来た道を戻った。

「向こうに行くところではなかったのですか」

栄次郎は反対方向を示して言った。

「いえ、ちょっと知り合いのところに行くつもりでしたが、きょうでなくともだいじょうぶなのです。さあ」

「そうですか」

栄次郎は誘われるままに、おりつの家に向かった。

小体《こてい》ながら凝った造りの二階家だった。柱も檜を使い、かなり贅を凝らした造りだ。

栄次郎は居間に通された。

小さな庭から涼しい風が入り込んで来た。釣り忍ぶの風鈴が軽やかに鳴った。

「結構なお家ですね」

栄次郎は感心して言う。

「いえ、亡くなった旦那さま、お嬢さまのおとうさまが残してくれた家でございます」

おとしが言い、すぐ口調を改めた。

「申し遅れました。こちらはおりつさま、私はおりつさまの家に奉公をしていた女中のおとしでございます」

「これはごていねいに。私は矢内栄次郎と申します。部屋住のやっかい者です」

「まあ、やっかい者だなんて」

おりつは口許を押さえて笑った。

おとしが茶をいれてくれた。

「すみません。いただきます」

栄次郎はすぐに手を伸ばした。ひと口すすったとたん、上物の茶だと思った。

「おいしいお茶です」

栄次郎は茶を飲み干した。

「お代わりはいかがですか」

「遠慮なく、いただきます」

湯飲みを差し出してから、

「このお家にはもう長くお住まいですか」

と、栄次郎はさりげなくきいた。

「いえ、最近なんです」

「最近？」

「はい。じつは、この家」

おりつは言いよどんだが、すぐに顔を上げ、

「私のおとっつあんがこの家に女のひとを囲っていたんです。おとっつあんが亡くなって、女のひとも出て行って空いたので私が住みはじめたのです」

「そうですか。失礼ですが、あなたのおとうさまは何を？」

「市ヶ谷で商売をしていたんですけど、借金を抱えて……」

おりつは声を詰まらせた。

「すみません。つらいことを思い出させてしまって」

「いえ」

「あまり長居をしてはご迷惑でしょう。これでお暇《いとま》をいたします」

栄次郎は腰を浮かせた。

「あら、まだいいではありませんか」

「お嬢さま。私たちもそろそろ行きませんと」

「そうね」

おりつが残念そうに言う。

「栄次郎さま。また、ぜひいらっしゃってください」

「ええ、そうさせていただきます」

栄次郎はふたりに見送られておりつの家を出た。

栄次郎は東本願寺の裏門から境内に入った。本堂のほうに向かうと、又蔵たちが出て来た。

「うまくいったようですね」

又蔵がにやにやしながらきいた。

「ええ。又蔵さんの芝居が真《しん》に迫っていましたからね」

栄次郎が笑いながら言うと、どうもと又蔵は柄にもなく照れた。

「あのふたり、これから改めて出かけるみたいです。おそらく、根津だと思います」

「わかりました。あとをつけますよ」

「誰か、根津に先回りしていたほうがいいかもしれません。万が一、尾行に気づかれた場合に備えて」

「そうですね。わかりやした」

又蔵が先回りをして、顔を覚えられていないと思われる弟分ふたりが女のあとをつけることになった。

「じゃあ、釜吉があとをつけろ。俺たち先に根津に行っている」

又蔵は釜吉に言い、もうひとりの弟分とともに表門に向かった。

弟分のふたりも表門を出て参道を小走りに通りに向かった。

しばらくして、おりつとおとしのふたりが歩いて来た。

「じゃあ、頼みました」

釜吉に声をかけた。

「任してくれ」

釜吉は胸を叩いて、着物の裾をつまんで歩きだした。

おりつとおとしは平吉に会いに行くはずだが、栄次郎はそれだけではないと考えた。

平吉の背後に黒幕がいる。そう思っているのだ。

このままでは確かにふたりの金蔓を失っただけということになり、おりつもまた被害者ということになる。

だが、おりつとおとしが清水屋と山形屋に近付いた手口からすれば別な企みが見てとれる。

栄次郎は釜吉のあとをつける恰好で歩きだした。釜吉の尾行は手慣れているように思えた。日頃、鴨になりそうな人間を見つけてはそっとあとをつけたりしているのに違いない。とんでもない連中だが、新八が動けない今は、栄次郎にとっては貴重な存在だった。

おりつもおとしもまさか尾行されているとは思ってもいないようだ。やがて、稲荷町の駕籠屋に寄り、ふたりは駕籠に乗り込んだ。

ますます、尾行は楽になったはずだ。

駕籠が出発すると、その速度に合わせて釜吉の足も早くなった。栄次郎も急いだ。

下谷車坂町を過ぎ、山下に出た。そして、三橋を渡り、釜吉は池之端仲町に向かった。その頃から辺りは薄暗くなっていた。

栄次郎は途中で左に折れ、明神下に向かった。

新八の長屋に行くと、ちょうどおすまが長屋木戸から出て来たところだった。

「あっ、栄次郎さま」

おすまが頭を下げた。

「これからお店ですか」

「はい。忙しくなる時間なので、行かなくてはならないのです。また、終わったら参ります」

「ごくろうさまです」

『稲木屋』に戻って行くおすまを、栄次郎は見送ってから長屋の路地に入った。

新八の家の腰高障子を開けて土間に入る。新八は体を起こしていた。

「栄次郎さん」

新八はにこりとした。

「今、そこでおすまさんと会いました。ほんとうによくやってくれていますね」

栄次郎は感心したように言う。

「ええ、ありがたいと思っています」

新八は頷いてから、急に真顔になって、

「その後、例の侍は現れましたか」

と、きいた。

「いえ、まだです」

「そうですか」

「最近、網代笠の侍に動きはありません。どうも、動きが読めません。なぜ、いっきに攻めて来ないのか」

栄次郎は疑問を口にし、さらに言った。

「これまでも、網代笠の侍が出没するのはいつも何日か置きなのです。ふだんは何かの仕事をしているのではないかと思うのです」

「すると、れっきとした武士かもしれないということですか」

「いえ、武士ではないでしょう。考えられるのは剣術道場の師範、あるいは学問を教えている……」

栄次郎は自分の考えを披露した。

「そうですね。栄次郎さんの話でも、相手は相当な使い手だということがわかります。ひょっとしたら道場主かもしれませんね」

「ええ。それから、これは見当違いだったのですが、それによって困った事態にあることがわかりました」

そう前置きし、栄次郎は最近弟子入りをした男が網代笠の侍の仲間であると考えたことから安吉という男に注目したことを話した。

「ただ、この男はあまりにも露骨に私への敵意を剝き出しにするのです。それで、かえって網代笠の侍の仲間ではありえないと思うようになったのですが、この男、どうやらおゆうさん目当てらしいのです」

「おゆうさんを？」

「ええ。おゆうさんに近付きたいために、吉右衛門師匠に弟子入りをしたようなんです。おゆうさんも困っていますし、吉右衛門師匠にも失礼な話です」

「そんな男がいるんですか」

新八は顔をしかめ、

「あっしがこんな怪我さえしていなかったら」

と、太股に手をやって悔しそうに言った。

「新八さん。そんなことを気に病む必要はありませんよ。それより、どうですか、傷のほうは？」

「へえ、お医者さんも思った以上の回復だと驚いていました。それでも、ゆっくりでも歩けるようになるまで、あと十日ほどかかるようです」

「あと十日ですか。もうすぐではないですか」

「ええ」

「そうそう、お稽古場で、怪我が治ったら、また稽古をはじめるように言っておいてくださいとみなさんに頼まれました」

「そうですか。ありがたいことです」

「六蔵さんとは『稲木屋』でよく会われるそうですね」

「そうなんです。六蔵さんは花房町に住んでいて、あそこにはよく顔を出すんです。ときたま顔を合わせました。六蔵さんからも、みなさんが待っているからと言われているんです」

「今度の怪我のことも心配していました。どうでしょう、怪我が治ったら、お稽古をはじめませんか」

相模でも指折りの大金持ちの三男坊だと嘘をついていたことより、自分が盗っ人だったことで師匠に対して負い目があるのに違いない。

「新八さんは今は御徒目付の手先という仕事をしていますが、芸の前には職業は関係ありません。つまらないことは気にしないで」

「そうですね。おゆうさんにも悪い虫がつかないように守ってやらないとなりませんからね」

思い切って敷居を跨いでみましょうと、新八は自分に言い聞かせるように言った。

「ところで、清水屋さんはどうなりました？」

「ええ。小伝馬町の牢送りになりましたが、状況はいたって不利のようです。ただ、磯平親分も、事件に疑問を持ちはじめました。地回りの又蔵たちの手を借り、おりつたちの背後にいる男を見つけ出そうとしています」

「そうですか。そこに加われないのはつらいことです」

また新八が自分の足をさすった。

「そろそろ、おすまさんも来る頃でしょう。では、私はこれで」

栄次郎は立ち上がった。

「すみません。お構いも出来ませんで」

新八は申し訳なさそうに言う。

栄次郎は路地に出た。夕涼みでもしていたのか、他の部屋の年寄りが団扇を持って井戸端の近くでしゃがんでいた。

長屋木戸を出たところで小走りにやって来たおすまに出会った。

「栄次郎さま」

「おすまさん。ごくろうさまです。また、参りますので」

「はい。ありがとうございました」

おすまと別れ、栄次郎は神田明神前から本郷通りに出た。

ふと、つけられているような気配を感じた。が、その気配はすぐ消えた。気のせいか。それとも、気配を消してついて来ているのか。

網代笠の浪人がいよいよ攻撃をしかけてくる気なのか。栄次郎は背後に注意を向けながら、ひと気のない通りを進む。

だが、網代笠の侍ならふいを狙って襲撃はしてこないだろうと思った。じわじわと徐々に恐怖を味合わせようとしているだけでなく、恨みの深さを思い知らせるために、いろいろな仕掛けをしてきたのだ。

栄次郎との最後の決着をつけるとき、網代笠の侍は正々堂々と姿を現す。栄次郎にはそんな気がしている。

栄次郎は自分の屋敷に近付いた。そして、門の前で振り返った。すると、かなたに深編笠の侍が立っているのが見えた。

その侍はゆっくり踵を返し、来た道を戻って行った。栄次郎はあっと声を上げそうになった。

坂本東次郎だ。東次郎もまた、網代笠に赤鞘の侍を探しているのだと思った。

四

翌日の昼前、栄次郎は湯島天神の境内にいた。朝から大勢の参拝客が訪れ、賑やかだった。

男坂の上から下谷から浅草方面を眺める。武家屋敷や寺社の大屋根が目立ち、その隙間に庶民の暮らす町家がはさまっているようだ。

すぐ左手に寛永寺《かんえいじ》の五重塔、少し離れて浅草寺《せんそうじ》の五重塔、そして待乳山《まっちやま》から大川の向こうに田畑が広がり、はるかかなたに筑波《つくば》の山々が眺められた。

右手のほうには神田川が大川に流れ込み、両国橋が見える。いよいよ川開きが迫って来た。

本格的な夏の到来だ。

背後にひとの気配がした。

「わかりましたぜ」

いきなり声がした。又蔵だ。

「ごくろうさまでした」

栄次郎はねぎらった。

「なあに。女たちは矢内さんの睨んだとおり、根津権現近くの裏長屋に入って行きました。平吉って男の住まいです。それから、夜の五つ（午後八時）過ぎに家を出て、平吉と女ふたりはいっしょになって、八重垣通りにある『小暮屋《こぐれや》』という小ぢんまりした古着屋に入って行きました」

「『小暮屋』？」

「ええ。三人はそこで小半刻（一時間）ほど過ごし、また根津権現近くの裏長屋に戻って行きました。ただし、おとしって女は『小暮屋』に残りましたぜ」

「平吉の家に戻ったのはおりつだけで、おとしは『小暮屋』に残ったというのですか」

「そうです。おとしって女は『小暮屋』の旦那の情婦じゃありませんかねえ」

「うむ。十分に考えられますね」

「『小暮屋』の旦那というのはどういう人間かわかりますか」

「あの界隈の顔見知りの地回りにききましたが、主人の万兵衛《まんべえ》は以前は護国寺《ごこくじ》のほうにいたようです。何をして稼いだのかわからないそうですが、小金を貯めて三年前に『小暮屋』をはじめたそうです」

「小暮屋万兵衛ですか」

「今度の事件は、万兵衛が陰で糸を操っているんじゃありませんかねえ」

又蔵はしたり顔で言う。

「そうかもしれませんね」

「俺っちの縄張りで好き勝手なことをされたんじゃ、俺も黙ってはいられねえ」

又蔵が息巻いた。

「又蔵さん。まだ、そうと決まったわけではありません」

「平吉って野郎を痛めつけて、白状させましょうや」

「いけません。ちゃんと証拠を見つけましょう。それから、仮にこっちの想像どおりだったとしても、仕置きは奉行所に任せてください。勝手な仕返しは、よくありませんん」

「へえ、わかりやした」

多少不満そうだったが、又蔵は素直に答えた。

「で、これからどうするんですかえ。何でもやりますぜ」

釜吉が横合いから口を出した。

「護国寺時代の小暮屋万兵衛のことを詳しく調べてくれませんか。小金が貯められたわけも気になります」

「わかりやした。奴らの思うとおりにはさせねえ。なんとしてでも、清水屋を助け出さないと」

又蔵は鼻息荒く言った。

「じゃあ、お願いします。私もあとで『小暮屋』の様子を見に行くつもりです。また、夕方にここで会いましょう」

裏門から護国寺に向かう又蔵たちと別れ、栄次郎は女坂を下り、根津に向かった。

不忍池の辺を行く。日陰に入ると涼しい風が吹いて来た。

やがて、道は不忍池から離れ、宮永町から根津門前町に入った。左右に遊女屋が並んでいる八重垣通りも、昼のこの時間は閑散としていた。

遊女屋と遊女屋の間に『小暮屋』という小さな古着屋があった。店の中を覗くと、若い男が店番をしていた。客の姿はない。

それから、栄次郎は根津権現にお参りをしてから八重垣通りに戻った。

再び、『小暮屋』の前に差しかかった。行き過ぎたとき、店先に女が現れたので栄次郎はあわてて目の前の雑貨屋に飛び込んだ。おとしだ。

目をしょぼつかせた年寄りが店番をしていた。

背後をおとしが通って行く。

「今のは『小暮屋』の内儀さんですか」

栄次郎は店番の年寄りにきいた。

「内儀さんではないようですけど、よくお見かけします」

「そうですか。『小暮屋』さんの旦那はどのような方なのですか。いえ、ちょっと着物を頼まれたのですが……」

質問することを怪しまれないように、もっともらしく少し曖昧なことを言った。年寄りはさして疑いもせず、

「かなり強引な商売をするお方です」

「強引?」

「あくどいと言ったほうがいいかもしれません。粗末で質の悪いものを売っているようで、すぐ糸がほぐれたとかいう苦情を言うお客さんがかなりいました。でも、万兵衛さんは弁が立つうえに、強面ですからね。客のほうが諦めて、泣き寝入りです。そんな商売をやっていたので、近頃はあまりお客さんも来ないようです」

「そうですか」

あまり評判はよくないようだ。

「たぶん、そのうちに店仕舞いをすると思いますよ。万兵衛さんも、あまり今の商売をやる気がないみたいですからね」

「じゃあ、このあとどうするんでしょう？」

「あくどい商売で小金を摑んだから、もっと大きな店をどこかに出すんじゃないですか。いつか、そんなことを言ってました」

「そうですか。わかりました。では、着物を買うのは控えます」

「そのほうがよござんすよ。いえ、別に『小暮屋』さんの悪口を言うわけじゃありませんが……」

年寄りは冷たい笑みを浮かべたが、外を見ながら言った。

「おや。万兵衛さんが出かけて行きます」

大柄な押し出しのいい三十半ばぐらいの男が横切って行った。

「いろいろありがとうございました」

栄次郎は礼を言って、雑貨屋を出た。

目の前に、大柄な男の背中が見える。栄次郎は万兵衛のあとをつけた。

門前町の外れにある駕籠屋に入り、万兵衛は駕籠に乗った。あとをつけるには幸いだった。

駕籠が出発し、栄次郎はあとをつけた。

茅町から池之端仲町を過ぎ、やがて下谷御成街道《おなりかいどう》を筋違橋方面に向かった。

万兵衛がかなりあくどい商売をやって来たということが気になる。そして、その『小暮屋』は最近では客足が遠のいているらしい。

粗悪品を売りつけて暴利をむさぼれば、やがてしっぺ返しを食らうのはわかっているはずではないか。それなのに、なぜ、そんな商売をやって来たのか。

はじめから、『小暮屋』は一時的な荒稼ぎのための店でしかなかったのではないか。

万兵衛はもっと上を目指していた。それが、太物問屋への参入ではないか。

駕籠は筋違橋を渡り、八辻ヶ原《やつじがはら》を突っ切り、神田須田町《すだちょう》に入った。そして、大きな商家の前で止まった。太物問屋の『鳴海屋』だ。

万兵衛が駕籠から下りた。そして、『鳴海屋』に入って行った。

『鳴海屋』の主人徳右衛門は太物問屋組合の頭分だと、磯平が言っていた。そして、清水屋杢兵衛と山形屋松右衛門が共有の妾のことでもめていたと証言したのも徳右衛門だ。

万兵衛は徳右衛門を訪ねたのだろう。ふたりはいつからのつきあいなのか。

栄次郎は『鳴海屋』の店先にいた番頭ふうの男に声をかけた。

「今入って行ったのは『小暮屋』の万兵衛さんのようでしたが」

「え、ええ。さようでございます」

番頭は不審そうな顔で答えた。

「万兵衛さんはだいぶ前からこちらに出入りをしているんですか。私は万兵衛さんの知り合いなので」

「ええ、一年ほど前からですが」

番頭は用心深く答えた。

それだけ聞けば十分だった。

栄次郎は礼を言って離れた。

証拠はないが、だいたいの筋が読めて来たと、栄次郎は思った。

栄次郎が再び筋違橋を渡り、神田佐久間町の自身番に顔を出し、磯平の居場所を訊ねた。すると、ちょっと前にここに寄ったということだった。

栄次郎は外に出て、次に向かう自身番のほうに向かって神田川沿いを走った。すると、いくらも行かないうちに磯平の後ろ姿が目に入った。定町廻り同心といっしょだった。

「磯平親分」

栄次郎は呼び止めた。

立ち止まって、磯平が振り返った。

「矢内さま。どうかなさいましたか」

同心に何か囁き、磯平が駆け寄って来た。

「ええ、だいぶわかってきました」

「松右衛門殺しですかえ」

磯平は目を輝かせた。

「その前に、親分は、又蔵という地回りを知っていますか」

栄次郎は確かめた。

「ええ。堅気の衆を威して金をせびる小悪党です。いくつか被害届けが出ていますから、そのうちにとっ捕まえてやろうと思っています」

「そのことで、相談があるのですが」

「相談？」

磯平は不審そうな顔をした。

「そもそも、私がおりつとおとしのふたりを知ったのは又蔵たちがきっかけなんです」

そう言い、栄次郎は湯島天神でのことから今日までのことを話した。

「今、又蔵たちは万兵衛のことを調べに護国寺まで行ってくれています。これも、自分の縄張り内で勝手なことをされたという怒りからでしょうが、清水屋を助けようとしているのです。又蔵たちの働きがなければ事件の真相はわからなかったかもしれないんです」

「つまり、被害届けの出ている事件をその手柄と引き替えにちゃらにしろと？」

「被害届を出したひとたちには又蔵たちから謝罪をさせます。そういう形でなんとか矛《ほこ》を納めてもらえませんか」

もちろん、これが相手に大怪我を負わせたり、大金を脅し取ったりという犯罪であれば、このような取引は申し入れない。

「どうして、あんな連中の肩を持つんです？」

「根はいい人間なんです。清水屋の汚名を晴らしてやろうと躍起《やっき》になっているんです。そんな人間を正しい方向に導いてやったほうが世のためだと思いませんか」

「わかりました。いいでしょう」

磯平は苦笑した。

「ありがたい」

「矢内さまって、ほんとうに変なひとですね。あっ、いえ、独り言で」

磯平はあわてて言い繕い、そして真顔になって催促するように、

「では、教えていただけますか」

「わかりました。じつは、おりつといっしょにいるおとしは根津権現前で古着屋を営む小暮屋万兵衛という男の情婦だと思われます」

磯平は驚いたような顔をしたが、口を入れずに黙って聞く姿勢を見せた。

「『小暮屋』はかなりあくどい商売をやってきたようで、そのせいで最近は客足も遠のいているようです。ただし、それまでの間、荒稼ぎをしていたようです。その万兵衛がきょう、須田町にある『鳴海屋』を訪れました。『鳴海屋』の徳右衛門が、杢兵衛と松右衛門の不和を親分に訴えたのではありませんでしたか」

「そうです。同じ女を共有して妾にしていると話したのは徳右衛門です」

「杢兵衛と松右衛門は徳右衛門にそんな話をするほど親しかったのでしょうか。太物組合の頭分ならそれなりの話はするでしょうが、妾のことまで話すでしょうか。それに、杢兵衛と松右衛門がおりつとつきあいはじめてからまだ日は浅いんです」

「確かに怪しいですね」

「これはまだ証拠がなく、私の憶測に過ぎませんが、小暮屋万兵衛は太物問屋の株を

手に入れようと、徳右衛門にかなりの付け届けをしてきたのではないでしょうか。そこで、徳右衛門から今度空きが出来たら、万兵衛に優先的に問屋仲間の鑑札を与える。そういう約束が出来ていたのではないでしょうか」

「なるほど、『清水屋』か『山形屋』、いずれかの店が潰れれば株が空くわけですね」

磯平は顎に手をやった。

「そうです。いつ株が空くか待つより、早く鑑札を手に入れたかった。だから、平吉とおりつを仲間に引き入れ、あのようなことを企んだ……」

「では、松右衛門を殺したのは？」

「おそらく平吉だと思います。寄合のあと、おりつは松右衛門には神田明神の裏で待っていると言い、杢兵衛には田原町の家まで来てくれと告げていたのです。神田明神の裏で待っていたのは平吉です。平吉はおりつから受け取った杢兵衛の手拭いに石をくるんで、殴り殺した」

「矢内さま。こいつはとんだことになりましたぜ」

磯平の顔つきが変わった。

「ただ、まだ証拠がつかめません。これから証拠を探さねばなりません。まず、磯平親分には平吉が事件の夜にどこにいたのかを探っていただければ。これは親分でないと出来ません」

「わかりました。やってみましょう。平吉って男もふいをついてあっしが現れたら、あわてるに違いありません。ほかにぼろを出すかもしれませんね」

　磯平は鋭い顔つきになって言った。

「これからあっしに用があるときは佐久間町の自身番にきいてください。どこにいるか、言い残しておきます」

「わかりました」

「ともかく、あっしは旦那に今のことを話し、さっそく平吉のところに行ってみます」

「そうそう、私は夕方に湯島天神の女坂の辺りで又蔵たちと会うことになっています。頃合いを見計らい、出て来てもらっても」

「間に合ったらそうします」

　そう言い、磯平は小走りになって同心のもとに駆けて行った。

　栄次郎はそれから明神下の新八の長屋に寄った。

「新八さん、すみません。ちょっと夕方まで時間があるので」

「よかった。退屈していたところです」

新八はうれしそうに言った。

「おすまさんは？」

「きょうはまだ」

「今回はすっかりおすまさんに世話になってしまいましたね。いっそ所帯を持ったらどうですか。おすまさんなら新八さんにお似合いですよ」

「そうですね」

ふと、新八は表情を曇らせた。

「どうしました？」

「ええ……」

「何か問題でも」

「じつはおすまさん、ご亭主と正式に別れたわけじゃないんだそうです」

「えっ、そうなんですか」

「酔うと暴力を振るう亭主から逃げ出して三カ月ぐらい経つそうです。きっと探しているはずだと言ってました。見つかったらあっしにも迷惑がかかるからと。そのことがあるので所帯を持つことは難しそうです」

どうやら、新八は所帯を持つことを真剣に話し合ったようだ。おすまからふと翳《かげ》のようなものを感じたことがあったが、そのことを思い悩んでいたのが表情に出ていたのだろうか。

「ふたりの気持ちはどうなのですか。おすまさんだって新八さんとやり直したいと思っているんじゃないですか」

「栄次郎さん。いけません。また、お節介病がはじまります」

「いえ。新八さんのことならお節介ではありませんよ。もし、おすまさんがご亭主と本気で別れたいのなら、私がご亭主と会ってもいい」

栄次郎は珍しくむきになった。

「栄次郎さん。ありがとうございます。でも、もしかしたら、そんなご亭主でも、まだおすまさんの心のどこかに思いが残っているんじゃないかっていう気がしているんです」

「そうでしょうか。新八さんの世話をする姿を見たら半端な気持ちではないことがわかります」

「栄次郎さんのお気持ちはほんとうにありがたいです。でも、あっしのような男は所帯を持っていいものか……」

「何を言うのですか」

栄次郎は覚えず大声を出した。

「新八さん、真剣に考えてみてください。力になります」

「へえ、すみません」

新八は頭を下げたが、どこか寂しそうな表情に思えた。本能的に、おすまと結ばれないと思っているのだろうか。

この話題を続けてはかえって新八を苦しめることになるかと思い直し、

「そうそう、清水屋杢兵衛の件でだいぶわかりましたよ」

と、栄次郎は話を変えた。

「どうなったのですか」

新八はいつもの表情に戻った。

「黒幕らしき男がわかりました」

そう言い、小暮屋万兵衛が太物問屋組合頭分の鳴海屋徳右衛門に会いに行ったことを話し、

「徳右衛門は、清水屋と山形屋が女をめぐってもめていると磯平親分に話した人物です。それによって、疑いが清水屋に向いたのです」

「そうですかえ。やはり、黒幕がおりましたか」

新八は少し悔しそうな顔をした。もし、ほんとうなら自分が探り出せたのに、という思いが脳裏を掠めたのかもしれない。

「たぶん、山形屋を殺したのは平吉でしょう。磯平親分も平吉を調べると言ってました。事件の真相が明らかになるのは時間の問題です」

「そうですか。それはようございましたと言いたいのですが、栄次郎さんにはまだ厄介な問題が残っていますね」

新八が表情を曇らせた。

「網代笠の侍のことですね」

「しばらく鳴りを潜めているようですが、いったい何を考えているのか、さっぱりわかりませんね」

「この前も言いましたように、何かの事情を抱えているのに違いありません。でも、必ず近々新たな動きを見せるはずです」

その後はしばらくとりとめがない世間話に興じ、夕暮れになって栄次郎は新八の家を引き上げた。

長屋を出てから、栄次郎は妻恋坂を上がり、湯島天神の参道に入った。料理屋や怪しげな店の軒行灯に灯が点った。

鳥居をくぐる。境内にはまだかなりの参詣客がいた。

栄次郎は女坂に向かった。そこに、三つの影が見えた。又蔵たちだ。

「お待たせしました」

栄次郎は近付いて行って声をかけた。

「あっしたちもちょっと前にやって来たんですよ」

「さっそくですが、何かわかりましたか」

「ええ、わかりましたぜ。といっても、護国寺には昔可愛がってもらった地回りの元締めがおりまして、そのお方から聞いて来ただけなんですが」

そう断ってから、又蔵は話しだした。

「万兵衛は最初は遊女屋の客引きをやっていたんですが、そのうちに小金を持っている後家に近付き、後家に金を出させて小間物の店を持ったそうです。商売のやり方も汚くて、安物を高価なものに見せかけて売っていたそうです」

又蔵は憤慨しながら言う。

「悪い噂が立って店が立ち行かなくなると、店を売り飛ばし、後家を見捨てて根津に移ったのだそうです」

「『小暮屋』でも同じだったようです」

栄次郎は『小暮屋』の商売の様子を話した。

「野郎。そんないんちき商売をやりながら荒稼ぎしてきたんですね」

「そのようです。次に目をつけたのが太物問屋ですよ。たぶん、どこかで『鳴海屋』の徳右衛門と知り合い、太物問屋に興味を示したのでしょう」

「じゃあ、次は太物問屋の店を持とうとしているんですかえ」

又蔵は呆れたように言う。

「そうです。『鳴海屋』に取り入り、組合に入れてもらおうと付け届けなどを送りながら働きかけていたのではないでしょうか」

「その枠がなかなか空きそうもないので、あんな真似を？」

又蔵は呆れたようにきいた。

「そうだと思います」

「とんでもねえやろうだ。勘弁出来ねえ」

又蔵は息張った。

「又蔵さん」

栄次郎は又蔵たちの顔を見てから、

「この先は我々では無理です。あとは奉行所に任せませんか」

「えっ？」

又蔵は顔色を変えた。

「磯平親分にあとを託しましょう」

「それは出来ねえ。あの岡っ引きは俺っちを目の敵《かたき》にしている。いつだっておめえたちをしょっぴけるんだと威されているんですぜ。そんな岡っ引きに手を貸すのはごめんだ」

「そうだ。こいつは、いくら矢内さんの頼みでも受け入れられねえ」

釜吉も横合いから口を入れた。

「そのことは心配いりません。今回のことは、又蔵さんたちのお手柄です。磯平親分も感謝していました」

「えっ、喋ったんですか」

「すみません。勝手な真似をして。でも、磯平親分はあなたたちの活躍をわかってくれました。ここらで、磯平親分に貸しを作っておくのも悪い話ではありませんよ」

「……………」

又蔵はほかのふたりと顔を見合せた。

「それから、これを機会にまっとうに働くことを考えたらいかがですか。今のような生き方をしていたら、いずれ行き詰まりますよ」

「俺たちみてえのが今さら堅気の仕事をするのは無理だ。雇ってくれるところもありゃしませんよ」

「最初から諦めてはいけません。私も及ばずながらお力になります」

「まあ、その話はさておき、磯平親分の件は承知しましたぜ」

「そうですか。では、さっそく磯平親分に会いに行きましょう。佐久間町の自身番に行けば、連絡がとれるようになっていますから」

「わかりました」

又蔵が答えたとき、

「それには及びませんぜ」

と、背後から声がかかった。

磯平だった。

又蔵たちが緊張するのがわかった。

「おう、又蔵」

磯平は又蔵に近付いた。

「今度はいろいろご苦労だったな。矢内さまから聞かせてもらった」

「いえ、とんでもない」

又蔵は落ち着かない様子で答えた。

「又蔵さん。親分におりつとおとしとの最初の出会いからお話ししたらいかがですか」

「わかりました」

腹を決めたように、又蔵は磯平に正面から向き合った。

「あっしらは、この境内でふたりが清水屋さんに近付いて妙な動きをしたのを見たんですよ。掏摸の疑いがあったんで、清水屋さんに声をかけたんです。そしたら、財布がなくなっていた。それで……」

又蔵は夢中で説明している。

すでにほとんど栄次郎が説明したとおりの内容だが、磯平は心得ていて真剣に聞いている。

「それで護国寺時代の小暮屋万兵衛について調べてきました。もともとは遊女屋の客引きで……」

清水屋杢兵衛は生真面目な男らしい。そういう男だと、かえって小伝馬町の牢獄に入れられただけで絶望してしまうかもしれない。

早く助け出さなければだめだ。

平吉のことを調べに行った磯平は何か摑んで来ただろうか。早く、そのことを聞きたかったが、又蔵の話はまだ終わらない。

だが、磯平が落ち着いて又蔵の話を聞いているのは、平吉のことで何か手掛かりを得た余裕なのかもしれない。

磯平の落ち着いた顔を見て、栄次郎はそうに違いないと思った。

「なるほど。よく教えてくれた」

磯平は又蔵に言い、

「おめえたちの働きはうちの旦那にもよく言っておく」

と、ねぎらった。

「又蔵、それからおめえたちもこれからは真面目にやれ。いいな」

「へい」

又蔵は大きな体をすくめて答えた。

「じゃあ、あっしたちはこれで」

又蔵が栄次郎に声をかけた。

「また、連絡します。あの矢場に行けば会えますかね」

「へえ」

釜吉が答えた。

又蔵たちが去ったあと、磯平が口を開いた。

「じつは、平吉を大番屋にしょっぴきました」

「えっ、大番屋？」

聞き違いかと思って、栄次郎は問い返した。

「事件の夜、どこにいたのか訊ねると、やつはあたふたとしやがった。そして、根津の長屋にいたと答えたが、それを証明出来なかった。それで、神田明神の裏手で、おめえを見たっていう者がいると告げると、しどろもどろになりやがったんです。それで、大番屋で話を聞こうってことになりましてね」

「驚きました」

磯平の素早い対応に、栄次郎は感心した。

「じつは、山形屋が殺された夜、挙動不審の若い男が神田明神の裏から出て来たのを見ていた人間がいたのです。近くの茶店の主人です。ところが、清水屋が浮かんで、若い男のことはそれきりになっていました。平吉に会ったところ、茶店の主人が言っていた特徴にそっくりだったので、あっしのほうが驚きました」

「で、平吉が殺したのを認めたのですか」

「いえ、あの近くにいる知り合いを訪ねたのだと言い訳しています。その知り合いの名は迷惑がかかるからの一点張りで言おうともしません。まあ、本格的な調べはこれからなのですが」

「じゃあ、いま平吉は？」

「大番屋でうちの旦那が取り調べています」

「そうでしたか。では、わざわざここまで来てくれたのですか」

「矢内さまに平吉のことを知らせようと思いましてね」

「それは申し訳ないことをしました」

「いえ、それともうひとつ、お願いが」

「何でしょうか」

「おりつに平吉が大番屋にいることを伝え、反応を見ていただけませんか。もしかしたら、おとしのほうが何か動きをみせるかもしれません。万兵衛に平吉のことを知らせに行くかもしれません。あっしたちは根津権現の『小暮屋』で張り込んでいようと思います」

「ひょっとして、今夜中に決着を?」

磯平の素早い動きから、そう察して言った。

「ええ、清水屋杢兵衛が心配です。なるたけ早く、牢から出してやりたいんです」

「わかりました。やってみましょう。これから、田原町のおりつの家に行ってみます」

栄次郎はすぐに田原町に向かった。すでに、夜の帳《とばり》が下りていて、家々の窓から灯が漏れていた。

磯平は平吉を強引に大番屋に引っ張って来た。そして、これから万兵衛のところに繰り出すという。

ことを急いでいるように思える。それだけ、清水屋杢兵衛の身に不安があるからではないのか。

おりつに裏切られ、下手人にされ、牢獄に閉じこめられた杢兵衛は前途を悲観し、早まった考えを起こすかもしれない。

栄次郎も焦りを覚えた。一刻も早く、真相を突き止めなければならない。

山下を過ぎ、浅草方面への道に入る。稲荷町を過ぎ、東本願寺前を通って、ようやく田原町にやって来た。

四半刻（三十分）はかからなかった。

栄次郎はおりつの家の前に立った。格子戸を開けて、奥に向かって呼びかける。

薄暗い土間に立っていると、おとしがやって来た。

「まあ、これは矢内さま」

「夜分にすみません。おりつさんはいらっしゃいますか。大事なお話があって来ました」

「何でしょうか」

おとしは一瞬不安そうな顔をした。

「さあ、どうぞお上がりください」

「失礼します」

刀を腰から外し、右手に持ち替えて、栄次郎は部屋に上がった。

居間でおりつが待っていた。煙草盆が隅に出ていた。あわてて煙管の雁首を灰吹に叩いたのか、灰がこぼれていた。

「矢内さま。どうかなさいましたか」

おりつは澄ましてきいた。

「聞いてください。偶然、目にしたことを」

「はい？」

「あなたは平吉という男をご存じですか」

おりつが息を呑んだのがわかった。おとしの顔色も変わった。

「どうして、そんなことを？」

おりつがきいた。

「いえ、知らないのならいいのですか」

「矢内さま、平吉というひとがどうかしたのですか」

「はあ。関係ないひとのことをお話しするのは気が引けるのですが、さっき大番屋に連れ込まれたんです」

「なんですって」

おりつは眦《まなじり》をつり上げた。形相が一変した。

「知り合いの岡っ引きにきいたら、『山形屋』の主人を殺した疑いだそうです。なんでも、事件のあった夜、神田明神の裏から逃げて行く平吉を見ていた人間がいたそうです。今、大番屋で取り調べをしている最中で、今夜中にはすべて白状しそうだと言ってました。あっ、すみません。関係ない話をして」

栄次郎は立ち上がった。

「私はこれで引き上げます」

茫然としているふたりを残し、栄次郎は部屋を出た。

外の暗がりで見ていると、おとしが飛び出して来た。磯平親分の見込みどおり、万兵衛のところに行くのだろう。

おりつもいっしょだ。ふたりは血相を変えて、稲荷町のほうに走った。そして、駕籠屋に入った。

やがて、二丁の駕籠が根津に向かった。

あとは磯平親分に託するしかない。そう思ったとき、ふと背後にひとの視線を感じた。

第四章　幽鬼の剣

一

翌日、栄次郎は神田佐久間町の大番屋の前にやって来た。

そこで立っていると、奉行所の小者らしい男が戸を開けて出て来たので、すかさず声をかけた。

「すみません。磯平親分はいますか」

「ちょっとお待ちください」

小者らしい男はいったん引っ込んで、すぐに出て来た。

「今、来ます」

そう言い、小者は番小屋を出て行った。

待つほどのこともなく、磯平が出て来た。

「矢内さん。無事済みましたぜ。万兵衛とおとし、それにおりつをゆうべ、しょっぴきました。女ふたりはこっちにいますが、万兵衛は平吉と別々のほうがいいだろうってことで南茅場町の大番屋で取り調べています」

「そうですか。ごくろうさまです。で、どんな様子です？」

「ええ、平吉は万兵衛も捕まり、ふたりの女も引き立てられて来たのをみて、すっかり観念したようで、少しずつ喋りはじめました」

「そうですか。よかった。では、お邪魔してはいけませんので」

「すべて終わったらご報告に上がりますので」

そう言い、磯平は大番屋に戻って行った。

栄次郎はそこから道を戻り、新八の長屋に寄って結果を知らせて、すぐに新八の家を出た。

きのう、おりつとおとしが駕籠で出かけたのを見送ったあと、坂本東次郎が近付いて来た。

やはり、東次郎は網代笠の侍を探していたのだ。剣客として、ひと知れずに着物の袂を切る技に、東次郎も驚嘆し、その腕の持ち主に会ってみたいと思っていたようだ。

それで、栄次郎のあとをつけていたが、その後ぱったり現れないのを不思議がっていた。あれだけのことで済むはずはないと、東次郎は言った。

栄次郎はあの侍は何か仕事を持っているのではないかと自分の考えを述べた。すると、東次郎もその考えを受け入れ、明日から剣術道場を当たってみると言ったのだ。

栄次郎は元鳥越町の吉右衛門師匠の家にやって来た。

すると、すでにおゆうが来ていた。

「早いですね」

「ええ、師匠に相談しようと思って」

「ええ。それがいいでしょう」

師匠の支度が出来て、おゆうが稽古場に向かった。

「お師匠さま。お話がございます」

おゆうの声が聞こえる。

「じつは安吉さんのことなのですが……」

おゆうは言いよどんでいる。

「安吉さんがどうかいたしましたか」

師匠が問い返す。

「はい。じつは安吉さんは私につきまとってくるのです。お稽古を待っているときも、私のことをじっと見つめ、私が稽古を終えるといっしょに出て来てずっとついて来るのです。私、薄気味悪くて」

「そうですか」

師匠の沈んだ声が聞こえた。

「安吉さんはあまりお稽古に熱心ではありません。真面目にやるつもりがないように思っていたところでした。そうですか。安吉さんの目的は別のところにあったのですか」

「申し訳ありません。私事で……」

「それは違います。おゆうさんだけの問題ではありません。そんな目的でお稽古に来られるのは侮辱でしかありません。私から確かめ、よいように始末します」

「ありがとうございます」

「そのことはもう気にせず、お稽古に励みましょう」

「はい」

おゆうと師匠の話を聞いて、栄次郎も安心した。この件は師匠に任せよう。師匠に注意され、安吉が稽古に通うのをやめるなら仕方ない。心を入れ替えて稽古に熱心になれば、それに越したことはないが、おそらく無理だろう。

不純な考えで稽古に来ているとしたら他の弟子にも悪い影響を及ぼすし、やめてもらうしかない。

そんなことを思っていると、師匠の三味の音とおゆうの唄声が聞こえて来た。師匠が奏でる音色は独特の響きがある。その秘密は胸の鼓動に合わせるところにあるようだ。心の臓の脈打つ音を聞くことなど不可能に近い。

天才的な耳の持ち主である師匠だからこそ出来る芸当だ。栄次郎は意識して聞き入れようとしたが無駄だった。

周囲にはいろいろな音があり、一方的に耳に飛び込んで来る。仮になんの雑音もない原野に立ったとしても風の音、葉の揺れる音などが胸の鼓動などを消してしまう。

おゆうの稽古が終わり、栄次郎は入れ代わって師匠の前に行った。

「師匠、胸の鼓動を聞くことは私に出来ましょうか。師匠のような天才のみが許された芸当なのでしょうか」

隣りの部屋で待っている間、そのことばかり考えていたので、栄次郎はつい口にしていた。師匠は真剣な顔になって、

「誤解なきように言っておきますが、胸の鼓動を利用するのは私だけのことであり、

そのようなことを考えずとも素晴らしい音色を出している三味線弾きはたくさんおります」

「はい」

「その上でお話しいたしますが、胸の鼓動を聞くには、他の音を聞かないことです」

「他の音を聞かない？」

「そうです。胸の鼓動を聞こうとするのではなく、すべての音を聞かないようにするのです。風の音さえも」

「風の音さえも……」

栄次郎は呟いた。

「さらに言えば、音を耳で聞くのではなく肌で聞く。そういうことでしょうか」

「肌で聞く、ですか」

「さあ、はじめましょうか」

師匠は栄次郎を促した。

栄次郎は夢中で三味線を弾いた。何度かだめを出され、弾き直し、最後にようやく、結構でしょうという言葉をもらった。

「ありがとうございました」

栄次郎は見台の前から下がると、横町の隠居が来ていた。

「お先に」

栄次郎は隠居にあいさつする。

「どれ、では行って参ります」

隠居は立ち上がった。

栄次郎はおゆうといっしょに師匠の家を出た。

「安吉さん、私のことを諦めてくれるかしら」

おゆうが不安そうに言った。

「そうだといいんですが」

安吉が素直に手を引くだろうかという疑問を、栄次郎も抱いた。弟子入りしてまでおゆうに近付こうとした男だ。どこか異常な印象を受ける。

そんな男が自棄になって、とんでもないことを考えないとも限らない。

「おゆうさん。しばらくお稽古場には私が送り迎えをします」

「はい」

おゆうは怯えたように答えた。

おゆうを佐久間町の家まで送り届け、栄次郎は浅草黒船町のお秋の家に行った。

二階に上がると、無意識のうちに窓辺に寄る。川っぷちに立ってこの窓を見ていた網代笠の侍のことがまだ脳裏に焼きついていた。

強い陽射しの下に、ひとの姿はなかった。栄次郎は窓を離れ、三味線を持った。胸の鼓動、そのことが常に栄次郎の頭にあった。

胸の鼓動を聞くには音を聞かないことだと吉右衛門師匠は言った。今も階下からは片づけ物をしているのか物の触れ合う音が聞こえ、軒下の風鈴が鳴っている。

栄次郎は正座をし、無の境地に入ろうとした。やがて、音は気にならなくなった。

だが、音が消えたわけではない。

意識せずとも音を聞いている。それさえも消さなくてはならないのだ。一瞬の間、栄次郎は無音の世界に入り込むが、すぐに風鈴の音が聞こえてきた。

三味線を抱え、弦を弾くことに集中する。撥を叩いているときには糸以外の音は一切入って来ない。

二刻（四時間）近く、栄次郎は三味線を弾いていた。その間、胸の鼓動を意識した。何の手応えもなかったが、何度か何かの音を聞いたような気がした。いや、音とは言えないようなものだった。錯覚かもしれない。

栄次郎が手を休めたとき、部屋の中は薄暗くなっていた。

しばらくして、梯子段を上がって来る音がした。そして、お秋の声がした。

「どうぞ」

栄次郎は応えた。

襖が開き、お秋が入ってきた。

「灯を」

お秋が行灯に灯を入れた。

「栄次郎さん、なんだか怖い顔」

行灯から離れたお秋が不審そうな顔できいた。

「そうですか」

栄次郎はつい顔に手をやった。

「久し振りに、夢中で弾いていましたので」

栄次郎は答えたが、胸の鼓動を意識するあまり形相が鋭くなっていたのかもしれない。

「もうすぐ夕餉の支度が出来ますから」

そう言い、お秋が部屋を出て行った。

栄次郎はまたも胸の鼓動を意識した。それは単に三味線を弾く調子を胸の鼓動に合わせ、音に魂を入れる技巧を身につけたいという願望もあるが、それ以上に切実な問題があった。

網代笠の侍に襲われたとき、吉右衛門は寸前で反対側に身を避けたのだ。まったく気配を消して迫って来た賊に、吉右衛門は気づいたのである。

栄次郎、兄、そして坂本東次郎でさえ気づかなかった敵の接近に、吉右衛門だけが反応したのだ。

師匠の話では、敵の胸の鼓動に気づいたという。それで反射的に音と反対の方角に身を避けたのだ。

己の胸の鼓動さえ聞くのは難しいのに、ましてや他人のものを聞くことが出来るのか。まったく信じられないことだが、現実に吉右衛門は敵の攻撃を避けている。

もちろん、あのとき栄次郎が「危ない」と声をかけた。それを聞いて、とっさに身を避けた。それがたまたま敵と反対側だった。

吉右衛門は敵の胸の鼓動を聞いた錯覚がしたのかもしれない。栄次郎が「危ない」と叫んだとき、吉右衛門は心の臓が激しく脈打った。自分の鼓動を聞いて、とっさに体が反応した。そういうことではなかったとも思う。

しかし、そうであっても、確かに吉右衛門は敵と反対側に逃げたのだ。それは偶然だったのか、それとも……。

あとからでは何とでも説明がつくが、吉右衛門は敵の何かに反応したのは事実だと思っている。

夕餉の支度が出来て、栄次郎は階下に行った。

今夜は崎田孫兵衛が来ない日だった。孫兵衛がいないと、お秋はどこかほっとしたような表情を見せていた。

やはり、先頃、お秋が命懸けで思いを寄せた藤吉《とうきち》という男のことがまだ忘れられずにいるのだ。

藤吉は亡くなった。よけいにお秋の中に美しい思い出となっている。孫兵衛がいなければ、心の中に秘めている藤吉への思いを心置きなく蘇らせることが出来る。

お秋を見ていると、栄次郎はお露とのことを思い出す。お秋と藤吉との終わり以上に、栄次郎とお露の終わり方は悲惨だった。

ふと『秋の夜』を思い出した。門付け芸人のお露との出会いは、この唄だった。その『秋の夜』が網代笠の侍の周辺で流れている。

偶然なのか、それとも敵は栄次郎とお露のことを知っているのか。

「栄次郎さん」

　お秋が声をかけた。

「何ですか」

　ご飯茶碗を置き、湯飲みに伸ばした手を止め、栄次郎はお秋を見た。

「うちの旦那、私のことで栄次郎さんに何か言っていませんでした？」

「いいえ、何か気になることでも？」

　そうきき返したが、孫兵衛もお秋の態度に不審を抱いているのかもしれない。藤吉が死んでからというもの、お秋にいつもの明るさがないのだ。

　ふとしたときに、遠くを見ているような目付きをしているときがある。藤吉を思い出しているのかもしれない。

「いいえ、別に」

「お秋さん」

　栄次郎は元気づけるように、

「来月の市村座、ぜひ観に来ませんか。私が地方で出るんです」

　と、勧めた。

「そういえば、しばらく芝居小屋に行ってないわ」

「じゃあ、そうしましょう」

「ええ」

お秋は表情を輝かせた。

栄次郎は茶を飲み終えてから、帰り支度をした。

「栄次郎さん。お気をつけて」

「ええ。では」

栄次郎は刀を腰に差し、戸口に向かった。

数歩歩きだしたとき、遠音に三味の音が聞こえた。聞き耳を立てて、栄次郎ははっとした。『秋の夜』だ。

音のする駒形町のほうに足を向けた。逃げるように、三味線の音が遠ざかって行く。

駒形堂までやって来た。

三味線の音が止んだ。栄次郎は駒形堂の前で立ち止まった。耳を澄ます。風の音しか聞こえない。

また三味の音が聞こえた。栄次郎は音のするほうを眺めた。吾妻橋のほうだ。栄次郎は走った。

栄次郎は吾妻橋の袂にやって来た。だが、今度は音は別のほうから聞こえる。栄次郎は吾妻橋を途中まで渡り、音のほうを見た。

船だ。猪牙舟が両国橋のほうに向かった。船頭以外に、ふたつの影があった。ひとりは女だ。三味線を弾いている。もうひとりは……。網代笠をかぶった侍だった。その侍がじっとこっちを見ていた。

二

翌日、栄次郎は神田川沿いにある船宿を片っ端からきいてまわった。

そして、柳橋の袂にある船宿で、ついに手掛かりを得た。

「網代笠の侍に猪牙舟を出しました」

船宿の番頭が答えた。

「どこの誰かはわかりませんか」

「いえ、わかりません」

「女のひとはわかりますか」

「いえ」

「三味線を持っていましたね」

「ええ。あっ、ちょっと待ってください。船頭が戻って来たみたいですから」

女将は、河岸に出て、若い船頭を呼んだ。

船頭が鉢巻きを外してやって来た。

「米《よね》さん。おまえ、きのう網代笠をかぶったお侍さんを乗せたね」

「ええ」

「こちらのお侍さんがそのことで話を聞きたいって」

「へえ、何でしょうか」

「網代笠の侍と女は船でどんな話をしていたか覚えていますか」

「いえ、それがまったく話をしないんですよ」

「しない？」

「ええ、へんなお客で、ここから猪牙に乗り込んで吾妻橋までやってくれと言いましてね。それで、ふたりを乗せて吾妻橋に向かったんです。そしたら駒形堂に近付けろって言うんでそのようにしたら、女が急に三味線を弾きはじめたんです。それからぐるりとまわって、ここまで戻って来ました」

「網代笠の侍の顔は見えましたか」

「いえ。鼻から下だけです。やせている男でした」

「女のほうもはじめて見る顔でしたか」

「ええ。でも」

船頭は小首を傾げた。

「首の辺りが白粉《おしろい》焼けをしていました。あれは夜鷹《よたか》じゃねえかと」

「夜鷹？」

「へえ。柳原の土手に出没する夜鷹ですよ。あっしの勘では、あの侍が夜鷹を買って船に乗ったんじゃないでしょうか」

「三味線は女が持っていたのですね」

「そうです」

「商売をするのに三味線を持っているのは変ですねえ」

「言われれば、そうですねえ」

船頭も眉根を寄せた。

「その他に何か気づいたことはありませんか」

「いえ」

栄次郎は礼を言って、船宿をあとにした。

夜鷹かもしれないと言うが、なぜ、夜鷹なのか。

栄次郎は船宿の帰り、安吉のいる仕出し屋の前を通った。店先を覗いたが、安吉の姿はわからなかった。

きのう、吉右衛門師匠から問い詰められ、なんと答えたのか。栄次郎は気になりながら、神田川沿いを遡り、明神下の新八の長屋に行った。

腰高障子を開けると、新八がおすまの肩につかまり、立ち上がろうとしていた。

「新八さん。だいじょうぶなんですか」

覚えず、栄次郎は声をかけた。

「栄次郎さん」

新八が照れたような笑みを見せた。

「そろそろ、歩けるんじゃないかって思いましてね」

「止めても言うことを聞いてくれないんです」

おすまが閉口したようにため息まじりに言う。

「いかんせん、もう飽きました。退屈でなりません」

新八はゆっくり腰をおろした。

「もうしばらくの辛抱じゃありませんか」

「そうなんですがね」

「気持ちはわかりますが、もうしばらくの辛抱ですよ」

「よかった。栄次郎さまが来てくれて」

おすまが安心したように言った。

「早く歩けるようになって、栄次郎さんのお手伝いをしたいんですよ」

新八は悔しそうに言ってから、

「で、その後、網代笠の侍はどうですか。やはり、出ませんか」

「それがゆうべ、出ました」

「出たんですか」

新八が顔色を変えた。

「ええ、お秋さんの家を出たときに三味線の音が聞こえました。網代笠の侍と三味線を持った女は船に乗っていたのです」

栄次郎はそのときの様子を話し、さっき柳橋の船宿で話を聞いてきたと言った。

「船頭が言うには、女は白粉焼けをしていたので夜鷹ではないかと言うのですが、夜鷹が三味線を持って商売をしているとは思えませんし」

流しに立っていたおすまが振り向いた。

「おすまさん。どうしたんだ？」

新八がきいた。

「栄次郎さん。今のお話」

「夜鷹のことですか」

「そうです。いつだったか、お客さんが話しているのを聞いたことがあります。昔、門付け芸人だった女がいま夜鷹になっているって」

「門付け芸人？」

「ええ。だから、ときたま本所の吉田町のほうで三味線の音がするって言ってました。私はただ聞き流しただけなので、それ以上詳しくはわかりませんが」

「そうですか。いえ、参考になりました」

本所で聞いた三味の音を思い出した。

栄次郎は立ち上がった。

「もう行かれるのですかえ」

新八がきいた。

「ええ、吉田町に行ってみます。三味線を弾く女だと言えば、わかるかもしれません」

「すみません。あっしが行けずに」

またも新八が悔しそうに足をさすった。

「気にしないでください。元気になったら、またいろいろ助けていただきますから」

「へい」

「栄次郎さん。今、お茶をおいれしようとしたんですけど」

「すみません。今度、頂戴いたします」

おすまに言い、栄次郎は新八の家を出た。

栄次郎は今度は筋違橋を渡り、柳原通りに入った。

元門付け芸人の女というのが気になる。まだ午前中で、両国広小路は青空市場が開かれ、近在の百姓が野菜などを売っていた。

この風景も午後になると掛け小屋や床店、水茶屋などが出来て、盛り場に変わる。

両国橋を渡り、御竹蔵をまわって夜鷹が住んでいる吉田町にやって来た。

傾きかけた長屋がいくつか並び、洗濯物が風になびいている。この時間はまだ寝ているのか、ひと影はない。

夜鷹相手の雑貨を扱っている店が開いていた。栄次郎は薄暗い店の土間に入った。

店に誰もいない。奥に向かって呼びかけた。すると、外から声がした。

「なんだえ、ここにはお侍さんに売るようなものは何もないよ」

振り返ると、歯の欠けた婆さんが立っていた。

「ひとを探しているんです」

栄次郎は正直に言った。

「元門付け芸人で、三味線を弾く女のひとがいるって聞いたんですが」

「ああ、おこうさんのことかね」

「おこうさんって言うんですか」

「ああ、三味線が得意でね、ときたま酒を酌み交わしたときに弾いているよ」

「そうですか。おこうさんにぜひお会いしたいのです。どこに行けば会えますか」

「なぜ、だね」

「おこうさんが私の知り合いと顔なじみだったかどうか、知りたいのです。私の知り合いも門付け芸人でした」

「おまえさんの名は？」

「矢内栄次郎と申します」

「そう。じゃあ、私がきいてきてあげるよ。法恩寺橋の袂で待ってな」

「お願いします」

婆さんはどこかへ出かけて行った。

栄次郎は法恩寺橋の袂に行った。はたして、その夜鷹がきのうの猪牙舟の女だったかどうかわからない。仮にそうだったとしても、栄次郎の問いに答えてくれるかもわからない。

じっとしていても汗が出て来る。栄次郎は柳の木陰に移った。法恩寺に向かうのか、橋を渡るひとは多い。

ようやく、女が現れた。船頭が言うように白粉焼けをした女だ。遠目には若そうに見えたが、近付くにしたがい目尻に皺が目立ってきた。

小走りだった女は、栄次郎に近付くと歩みをいったん止めた。そして、ゆっくり近寄って来た。

「矢内栄次郎さんね」

「そうです。おこうさんですか」

「そう、おこうよ」

おこうは川っぷちまで歩を進めた。

「ききたいことって？」

川面に目をやりながらきいた。

「ゆうべ、あなたは網代笠の侍と柳橋から猪牙舟に乗りましたか」

おこうは顔を向けた。

「乗ったわ」

「乗った？」

あまりにもあっさり答えたので、栄次郎はかえってあわてた。

「なぜ、ですか」

「あのお侍さんに頼まれたから」

「何をですか」

「三味線を弾くことよ」

「『秋の夜』を？」

「そう」

「なぜ、ですか」

「…………」

返事がない。

「網代笠の侍とあなたはどういう関係なのですか」

「…………」

「答えていただけませんか」

「いえ、何から話していいのか」

「何から？」

　栄次郎は戸惑った。

　こっちから矢継ぎ早に問いかけてもうまく答えられないのかもしれない。急がず、じっくり訊《たず》ねることだ。それにはまず、おこうのことからだ。

「あなたは元門付け芸人だったそうですね」

「ええ、いちおうそういうことになっているわ。五年前まではね」

「いちおう？」

「ほんとうは男と組んで門付けをしながら体を売っていたのさ。富裕な商家に大津絵《おおつえ》売りと称して乗り込み、藤娘《ふじむすめ》の絵を見せて、この娘を買わないかと持ちかける……」

　脳天を殴られたような衝撃に襲われた。

「どこかで聞いた話だと思わない？」

　おこうが皮肉そうに口許を歪めた。

　五体が引き裂かれそうな苦痛に、栄次郎は覚えず声を上げそうになった。

「思い出したようね」

「あなたは……」

喉に声が引っかかって、栄次郎は思うようにしゃべれなかった。

「お露に何もかも教えたのは私。三味線も男をとろけさせる術も」

お露は単なる門付け芸人ではなかった。売笑婦だった。兄妹と称していたが、実際は夫婦だった辰三《たつぞう》という男とふたりで、今おこうが話した方法で荒稼ぎをしていた。

そのことを知ったのは、栄次郎にとってお露がなくてはならない存在になったあとだった。

「お露は天性の魔性を秘めた女だったのさ。私が知り合った当時はまだ十三、四歳だったけど」

おこうは足元の小石を蹴った。転がって川に落ちた。

「私が育てたつもりでいたけど、お露は私から早く巣立って、好き勝手にやりだした。あれだけの美貌があれば男なんて手当たりしだい」

川面に広がった波紋が消えるのを待ったように、おこうは続けた。

「お露は若くて美しい。私は歳をとっていく。門付けをしても、客の目は私には向かなくなった。私は流れ流れて、とうとう夜鷹にまで落ちぶれたわ。その頃ね、お露が死んだと聞いたのは」

栄次郎は胸苦しさに呼吸が荒くなった。

「殺されたそうね。矢内栄次郎という侍に」

　おこうが顔を向けた。

「あなたが殺したのね」

「そうです。私が殺しました」

「なぜ？　好きだったのでしょう？」

「真剣だった。武士を捨てていっしょに旅立とうとしました。でも、出来なかった。お露さんは殺し屋になっていたんです」

「そうらしいわね。お露が殺し屋のようなことをやりはじめたのは私から離れていったあとだから、私は知らなかった」

「私が知っているだけで、四人の男を手に掛けていました。捕まれば獄門です。処刑されるぐらいなら私の手で殺してやる。それがお露さんのためだと思ったのです」

「そう。あなたに殺されていなかったら、お露は獄門になっていたのでしょうね。あなたに殺されて本望だったかもしれないわ」

　おこうはしんみりと言った。

　そうするしか他に方法は何もなかったのだ。栄次郎はあえてお露のために脇差をお露の胸に突き付けたのだ。

「お露は辰三といういっしょだったそうね」

「そうです。辰三のためにお露さんは……」

「違うわ」

おこうが否定した。

「違うって、何がですか」

「辰三はお露のために身を滅ぼしたのだと思うわ。すべて、お露が取り仕切っていたはず。辰三もお露の犠牲者かもしれない」

「辰三も？」

「お露は辰三以外にもつきあっている男がいたわ。自分に尽くしてくれている男がいるにも拘わらず、他に好きになる男が出来る。辰三という男がありながら、あなたに夢中になったようにね」

「………」

「お露は矢内栄次郎に夢中になる前に好きになった男がいたわ。そのひともお侍」

「侍？」

「ええ、侍」

「まさか……」

栄次郎は唖然とした。

「そう、網代笠の侍。名は赤城十郎太《あかぎじゅうろうた》さま。東海のさる大名の家臣だったわ。そこで、お露と出会い、恋に陥った。当時、赤城さまには許嫁《いいなずけ》がいたそうね。すべてを捨てて、赤城さまはお露と国をあとにした」

自分と同じようにすべてを捨て、お露といっしょに旅に出ようとした男がいたことに衝撃を受けた。そして、その男はそれを実行に移したのだ。

「あなたは、赤城十郎太を知っているのですか」

「ええ、御領内で門付けをしているときに知り合ったわ。ふたりがひと目を忍んで逢引きを重ねていたことに気づいていたわ。でも、赤城さまがお露といっしょに逃げると言い出したとき、私は引き止めたわ。お露のような女と関わってはだめと。でも、逆上《のぼ》せきっていた赤城さまは聞く耳を持たなかった。結局、すべてを捨てて、お露といっしょに国を出て行ったのよ」

おこうは蔑《さげす》むように言った。

「その後、お露は私からどんどん離れて行き、私は流れ流れて流れ着いたのがここ、夜鷹の住処よ。あんな商売、若くてきれいな間だけ。醜くなれば、あとはみじめなもの。ここにいるときに、お露の死を知ったわ。いつか、そうなるとわかっていた」

「その後、赤城十郎太はどうしてお露と別れたのですか」

「私はふたりがその後、どうなったか知らなかったし、赤城さまのことも忘れていたわ。そしたら、今年の三月にふいに網代笠のお侍さんが私の前に現れたの。赤城さんだと気づくまで、ずいぶん間があったわ。七年振りの再会だったもの。それに、赤城さんは病を患ったとかでずいぶん面《おも》やつれして、昔の凛々しい若侍の雰囲気はまったくなかったわ」

「…………」

「赤城さんにその後のことを聞いたら、しばらく小田原で暮らしていたようね。でも、ふたりの関係は何年も続かなかった。赤城さまは病に冒され、寝込むことが多くなった。そうなると、お露は赤城さまを捨てていずこかに姿を消した……」

「信じられない」

「事実よ」

「お露があなたに惹かれたのは、赤城さまと別れたあと。お露は辰三という亭主がいながら、身を売り、かつ他の男に夢中になる。そんな女なのよ。でも、あなたにはとうてい信じられないでしょうけど」

なぜ、今頃、お露についてのこんな話を聞かなければならないのか。栄次郎は行き場のない怒りを覚えた。

だが、お露のことで感傷に浸っている場合ではなかった。

「赤城十郎太は、なぜあなたに会いに来たのですか」

栄次郎はようやく本来の質問に戻った。

「たぶん、お露の敵《かたき》をとるためでしょうよ」

「敵というのは私のことですね」

「そうでしょうね」

「敵を討つのに、赤城十郎太はまわりくどいやり方をしました。なぜ、でしょうか」

「このためよ」

「このため？」

栄次郎は意味がわからずきき返した。

「あなたを私に引き合わせるため」

「『秋の夜』を聞かせたのは、やがて私があなたのことに気づいて訪ねてくる。そのことを想定していたということですか」

「そう。そのとおり、あなたは私のところにやって来た」

「なぜ？」

「あなたに襲撃の理由をわからせるためでしょう。赤城さんは、私に一部始終を話すように言ったわ」

「あなたも、私をお露の敵としてみていたのですか」

「いえ。私はただお金をもらって言われたとおりにしただけ。あなたに『秋の夜』をきかせ、そして一切を話す」

「赤城十郎太はどこに？」

「知らないわ。いつも、向こうからやって来るから。でも、今もどこかで、私たちのことを見ているかもしれないわ」

確かに、どこかから、赤城十郎太がこっちの様子を見ているような気がした。だが、周囲を見回しても、それらしきひと影は目に入らなかった。

「あなたが、私の周辺のことを調べたのですか」

「どういうこと？」

「私の兄や知り合いの行動を探ったことは？」

「いいえ」

おこうは否定した。

「それはほんとうですか」

栄次郎は確かめた。

「私はさっきも言ったけど、あなたに聞かせるように三味線を弾き、そして、ほんとうのことを話しただけ」

では、十郎太がひとりで兄のことや東次郎のことなどを調べたのだろうか。

「あのひとはお露の亡霊にとりつかれているわ。あなたを殺す。赤城十郎太にはそれしかないわ」

おこうが冷めた声で言った。

「そうですか。おかげで、いろいろはっきりしました。最後にひとつだけ教えてください。赤城十郎太は何か特殊な術のようなものを使いますか」

「術ですって?」

目を瞠ったあとで、おこうは首を横に振った。

「ただ、あのお方は若いながらも藩の剣術指南役になるはずだったそうよ。それをお露のために棒に振ったのよ」

「剣術指南役ですか」

そう呟きながら、栄次郎は心を引き締めた。

「赤城十郎太に伝えてください。私は逃げも隠れもしないと」

そう言い残し、栄次郎は踵を返した。

どこかから、赤城十郎太が見ている。そんな気配を感じながら、栄次郎は両国橋に向かった。

三

栄次郎は両国橋を渡った。

いよいよ川開きが迫って来た。今も大川にはたくさんの屋根船が出ている。強い陽射しを浴びながら、栄次郎は橋を渡り、両国広小路に差しかかった。

青空市場は撤退し、掛け小屋や床店が出来て、さっきとは違う賑わいを見せていた。

栄次郎は浅草御門をくぐり、蔵前通りに入った。

いろいろな思いが入り混じって、栄次郎の心は嵐のように混乱していた。ひょっとしたらという思いもあったが、まさか網代笠の侍がお露と関係していたとは想像の外だった。

お秋の家に着くと、あいさつもそこそこに二階の小部屋に上がった。

三味線を持つ気にはなれず、栄次郎は窓辺に寄った。手摺りによりかかり、拭っても拭っても浮かんで来るお露のことに思いを馳せた。

お露はおこうが言うような女だったのだろうか。信じられない。だが、お露によって人生を狂わされた男がいることは事実らしい。

赤城十郎太、網代笠に赤鞘の侍だ。かつてはある藩の剣術指南役にも就こうというほどの男だったという。許嫁もいて、まさに順風満帆な人生だった。

そこに他国から門付け芸人がやって来た。どこぞで、ふたりは出会ったのだ。藩の上役に招かれて、料理屋に上がっていたのかもしれない。

そこに美しく魂を揺さぶるような三味の音が聞こえてきた。栄次郎と同じように、その三味の音に導かれ、音の主を探したのかもしれない。

栄次郎も三味線の音を追って三島の夜の町を彷徨《さまよ》ったものだ。そして、御殿川の辺《ほとり》でお露と出会った。

当時で二十一歳。たおやかな姿だった。芙蓉のような白い顔に、整った目鼻だち。どこかあどけなさの残る顔に、淫らと思える目が印象的だった。清楚な中に毒を秘めている。そんな矛盾した魅力の女だった。

あの瞬間から、栄次郎は坂道を転げ落ちるかのような勢いで、お露に気持ちが傾斜していった。

気がついたときには引き返せないところまで来ていた。

赤城十郎太も同じだったのだろう。藩の剣術指南役の座を捨て、許嫁とも別れ、家族、友人とも縁を切り、十郎太はお露とともに生きて行く道を選んだ。

ふたりは小田原で暮らしていたらしい。だが、ふたりの暮しは長続きしなかった。十郎太の病気のせいだと、おこうは言っていたが、はたしてそれだけだろうか。

十郎太は、お露が身を売っていることに気づいたのではないか。そのために、ふたりの間で激しい言い争いがあったのではないか。そのときからふたりの間には亀裂が生じていたのかもしれない。

やがて、十郎太の前からお露は去って行った。十郎太はすべてを失った。その時点で、藩に帰参する手立てはあったろうか。

そんなに甘くはないはずだ。だが、たとえ藩に帰参することが可能だったとしても、十郎太は帰らなかったのだ。お露のことが忘れられなかったはずだ。

そのことは、自分の体験でも明らかだ。栄次郎も、お露の死後、脱け殻のような毎日を送っていた。

十郎太の場合は、お露が生きている。探し当て、もう一度、やり直そうとしたのではないか。身を売っていたことは目をつぶる。そう決心して、お露を探した。

そんなときに届いたのがお露の死だった。それも殺されたのだ。その瞬間から、十郎太の生きる目標はお露の敵を討つということになった。

お露の敵、矢内栄次郎を討つ。それが十郎太の生きる証なのだ。

しかし、お露の死から時間が経っている。なぜ、今頃なのかという疑問が残る。だが、その答えはおこうの説明にあった。

十郎太は病気に罹ったのだ。そのために、復讐を行動に移せなかったのではないか。そして、ようやく、病も癒え、復讐に動きはじめた。

栄次郎はそう考えた。

だが、疑問が残った。栄次郎の袂を切ることからはじめ、兄、坂本東次郎、新八、吉右衛門師匠と栄次郎の身近にいる人間のことをよく調べているのだ。

栄次郎の屋敷がわかれば、屋敷から兄のあとをつけることは出来る。だが、東次郎が小網町の女のところにいることや、新八や吉右衛門師匠の行動を十郎太ひとりで探ることが出来ただろうか。

仲間がいる。そう考えたほうが自然だ。

最初、栄次郎は安吉が網代笠の侍の仲間ではないかと疑った。吉右衛門師匠の弟子なら、栄次郎と親しい人間のことも、師匠の予定も知ることが出来る。

安吉が最近になって弟子入りをした男だという理由から疑ったのだが、あの男はおゆう目当てのけちな男に過ぎなかった。

仲間は近くにいるはずだ。ふと、頭の隅に何かが過《よぎ》った。誰かが何かを言ったのだ。そのことだが、それがなんだったか思い出せない。

おぼろげながら、ある形になりかけているのにはっきりした姿にならない。そんなもどかしさを覚えた。

風がなくなって、いったん止んでいた風鈴の音が鳴りだした。その瞬間、栄次郎ははたと思い出した。

稽古場での会話だ。

「新八さん、怪我をしたんだそうですね」

煙管を片手に、古着屋の旦那がきいた。

どうして、知っているのかと問うと、六蔵から聞いたということだ。

六蔵は神田花房町に住む足袋職人で、神田旅籠町の『稲木屋』によく行くという。そこで、何度か新八にも会っていたという。

新八の怪我のことを、六蔵はおすまから聞いたようだ。

栄次郎が問題にしたのは六蔵だ。もちろん、六蔵は古くからいる弟子で、十郎太の仲間ということはあり得ない。

その『稲木屋』で、六蔵は稽古場のことを誰かに話しているのではないかということだ。気になったことは確かめておくべきだ。栄次郎は立ち上がった。

刀を持って階下に行くと、お秋が目を丸くしてきいた。

「栄次郎さん、どうなさったんですか」

「すみません。ちょっと急用を思い出したんです」

「急用？」

お秋は心配そうに表情を曇らせて、

「二階から三味線の音が聞こえてこなかったから、どうしたんだろうと思っていたんですよ。何かあったんですか」

「いえ、そんな大袈裟なことではありません」

「それならいいんですけど」

「ご心配かけてすみません」

栄次郎は微笑みかけてから、

「では、明日来ますので」

と言い、土間を出て行った。

栄次郎は夕暮れの蔵前通りを浅草橋に向かった。そして、浅草橋の手前を右に折れ、左衛門河岸を過ぎた。

だいぶ、辺りも暗くなっていた。行き交うひとの足も忙《せわ》しない。

和泉橋北詰を通りかかったとき、人相のよくない三人の男が橋の向こう側南詰めの袂にたむろしているのを見た。

栄次郎が顔を向けると、三人は睨み返してきた。遊び人のようだが、どこか危険な感じがする連中だった。

すぐ横に駕籠が見えた。駕籠かきも髭面で、いかつい顔をしている。

そのまま行き過ぎたが、栄次郎はふと気になった。『ほ』組の頭取政五郎の家の近くだ。おゆうに関係しているという証はないが、このまま捨ててはおけなかった。

橋の袂から少し離れてから、栄次郎は川っぷちの草むらに身を隠した。そして、少しずつ、和泉橋の北詰に近付いた。

だんだん、夕暮れてきて、栄次郎の姿は目につきにくくなっていた。

橋の向こうから走って来た男がいた。薄暗い中でも、安吉だとわかった。

栄次郎は安吉が走って来た方角を見た。女がふたりやって来る。若い女はおゆうだ。横にいるのは女中らしい。

安吉の魂胆がわかった。

栄次郎は橋の袂に身をかがめ、すぐに飛び出せるような体勢をとった。

やがて、おゆうが和泉橋にやって来た。安吉がおゆうの前に姿を現した。

「おゆうさん。お待ちしていましたぜ」

「おまえは安吉さん」

おゆうが咎めるような声を出した。

「何の真似ですか」

「なあに、ちょっとつきあってもらおうかと思いましてね」

「お断りいたします。どいてください」

おゆうが橋を渡ろうとするのを安吉が両手を広げて仁王立ちになった。そして、他に三人がおゆうの背後に立った。

「何をするんですか。やめなさい」

女中が声を張り上げた。

男たちがおゆうに迫ったのを見て、栄次郎は橋に躍《おど》り出た。

「やめないか」

安吉がぎょっとしたような顔で振り返った。

「安吉さん。何の真似ですか」

栄次郎は安吉に迫った。

「こいつを先にやってくれ」

安吉が後退ると、三人の男が匕首を抜いて近付いて来た。

「覚悟してもらおうか」

ひとりの体格のいい男が匕首の柄にぺっと唾を吐いた。

「怪我をしないうちにそんな物騒なものを引っ込めろ」

「なんだと」

男が匕首をかざして突進してきた。あきらかに殺意に満ちた攻撃だ。栄次郎は身を翻して刃先を避けた。そして、その腕を掴んで投げ飛ばそうとした。だが、男は素早く手を引っ込めて逃れた。

喧嘩馴れしている。そう思った。こっちが手首を掴んで投げ飛ばそうとするだろうことを読んでいた。

男は改めて匕首を構えた。

「もう一度、行くぜ」

男に余裕があった。

栄次郎は男の前に自然体で立った。男が緊張した顔になった。やはり、そうとう場馴れしている男だと思った。

「どうした、かかって来ないのか」

栄次郎は挑発した。だが、男は匕首を構えたまま突っ立っていた。栄次郎が刀を抜くかもしれないと警戒し、不用意に仕掛けられないと思ったのか。

「兄い、どうしたんだ、やっちまってくれ。こいつがいるから、おゆうが俺になびかねえんだ」

安吉が急かした。

「安吉。俺たちが束になっても敵《かな》う相手じゃねえ」

「何を言うんだ、兄い」

安吉が焦った声を出す。

「諦めるんだな」

「そんな」

「お侍さん。こんなことで怪我をしたくないんでね、引き上げさせてもらいますぜ」

「待て。この後始末はどうつけるんだ？」

「あとで、こいつに言い含めておきますよ」

そう言って、男は安吉に目を向けた。

「いいだろう」

栄次郎は答えた。

「おい、引き上げだ」

男は他のふたりに声をかけた。

駕籠屋も状況を察し、空駕籠をかついで逃げだし、安吉だけが取り残された。

安吉は青くなって欄干まで下がった。

「栄次郎さん」

おゆうが駆け寄った。

「おゆうさん。だいじょうぶでしたか」

「はい。おかげで助かりました」

そう言ってから、おゆうは安吉を睨み付けた。

「安吉さん。もう二度と私の前に現れないで」

「俺はただ……」

安吉の声が震えた。

「ただ、なんだ？　駕籠に押し込めて、おゆうさんをどこに連れて行こうとしたのだ？」

　栄次郎は語調を強めて言った。

「…………」

「安吉。師匠から叱られたのではないのか」

「なんでえ、長唄なんて。好きで入ったんじゃねえ。やめてやったよ」

　安吉は醜く顔を歪めた。

「やはり、おゆうさんに近付くためか」

「悪いか」

「これ以上、おゆうさんに近付くな。いいな、わかったな」

「…………」

「もし、近付いたら、腕の骨を折ってやる。いいか」

「ちくしょう」

　安吉はいきなり懐に呑んでいた匕首を抜き、栄次郎に突進して来た。栄次郎は身をかわし、安吉の手首を摑んだ。

　そして、うしろにひねり上げた。

　ぎゃあと大仰な声を上げて、安吉は匕首を落とした。

「さっき言ったことがわからないようだな。この腕を折らなければわからぬか」

栄次郎はさらに腕をねじり上げた。

「やめてくれ」

安吉は泣きそうな声を上げた。

「では、もうおゆうさんの前に顔を出さないな」

「わかった。わかったから、手を放してくれ」

「よいか。他の女子にもだ。他人がいやがることをすると、こうだ」

「痛てえ、わかった。わかったから」

安吉は泣きだした。

「よし」

栄次郎は腕を放した。

安吉は腕を抱えてうずくまった。

「さっきの兄貴分はどこのなんという名だ？」

栄次郎はきいた。

「なぜ、そんなことを？」

安吉はしかめた顔できく。

「おまえが二度と他人に迷惑をかけることがないように、あの男におまえの監視につ
いて念を押しておこうと思ってな。もし、またおゆうさんに変な真似をしたら、あの
男を痛めつける。そしたら、おまえは私から腕を折られた上で、あの男からも仕返し
をされるだろう。その覚悟もしておくことだ」

安吉は奇妙な悲鳴を上げた。

「わかったか」

「わかった」

「よし。では、行ってよい」

立ち上がってから、安吉はおゆうに目をやった。おゆうは栄次郎の背中に隠れた。

「まだ、何かあるのか」

「なんでもねえ」

そう言い、安吉は柳原の土手を逃げるように駆け下りて行った。

「もう、二度とばかな真似はしないでしょう」

栄次郎はおゆうの顔を見た。

「怖かったわ」

「でも、おゆうさんは気丈でした。まったく動じていなかったようですよ」

「膝ががくがくしていました。ほんとうです」

おゆうはむきになって言った。

「ほんとうに栄次郎さんが来てくださって助かりました。ありがとうございました」

女中が礼を言った。

「たまたま通りかかったら妙な連中に気づいたんです」

栄次郎は運がよかったと思った。もし、六蔵のところに行こうとしなかったら、今頃はまだお秋の家にいたはずなのだ。

「さあ、送って行きましょう」

「はい」

ふたりを送り届けてから、栄次郎は改めて神田花房町へと向かった。

六蔵の長屋木戸をはじめてくぐった。もう夕飯どきで、どの家からも焼き魚や煮物の匂いがしている。

六蔵の家の腰高障子には足袋の絵が描かれていた。だが、家の中は暗い。心配したとおり、出かけていた。

六蔵は独り身なので、また一膳飯屋にでも行ったのだろう。

栄次郎は神田旅籠町の一膳飯屋『稲木屋』に向かった。

『稲木屋』の提灯に明かりが灯っている。暖簾をくぐった。中は混み合っていた。小女が出て来て、すまなそうに言った。

「すみません。あいにくいっぱいで」

「いえ、ひとを探しているので」

そう言い、六蔵を探したが、酒を呑んだり、飯を食ったりしている職人体《てい》の客の中に六蔵はいなかった。

おすまの姿がないところをみると、新八のところに行ったのかもしれない。諦めて店の外に出たとき、明神下のほうから男が歩いて来た。

六蔵だった。

「六蔵さん」

栄次郎は近付いて声をかけた。

「あれ、栄次郎さんじゃないですか」

六蔵は目を丸くした。

「ちょっと六蔵さんにききたいことがあって探していたんです。長屋にいなかったので、『稲木屋』かと思って来たらいなかった。どうしようかと思っていたところでした」

「そいつはどうも。さっき行ったら満員でね。時間潰しに、神田明神に行って来たところです」

「まだ、『稲木屋』はいっぱいでした」

「そうですか。板前の腕がいいんで、結構繁盛しているんです。ちょうどよございます。栄次郎さんの用をお聞きしましょうか」

六蔵は三十過ぎの気っ風《きぷ》のいい男だった。

近くの原っぱに向かい、そこで栄次郎は切り出した。

「六蔵さんは『稲木屋』で誰かに吉右衛門師匠の話をしたことがありますか。いえ、六蔵さんのことだから、吉右衛門師匠の宣伝をしているんじゃないかって思いましてね」

六蔵に不審がられないように注意をしながら、栄次郎はきいた。

六蔵は細かいことにこだわるような性格ではないので、あっさり答えた。

「へえ、酒が入ると、いつも調子に乗って師匠のことを話してしまいます。いけませんかねえ」

「いえ、いけないことはありませんよ。それで、お弟子さんが増えたら師匠だってうれしいでしょう」

「そうですよねえ。あっしもそう思って」

六蔵はうれしそうに言う。

「いつも熱心に稽古場のことや師匠のことをきいてくる客はいましたか」

「ええ、そんなに熱心にきいてくる奴はおりませんねえ。よく考えてみたら、一膳飯屋に来るような客には長唄は高尚過ぎますかねえ。これが音曲の女師匠だと興味を持つんでしょうが」

六蔵はいたずらっぽく笑った。

「以前、師匠が『市村座』の舞台の打ち合わせのために、日本橋葺屋町まで役者の市村咲之丞に会いに行ったことがありましたが、このことを誰かに話したことはありますか」

「客にですか。客にはありませんね」

「客にはないというと、客以外の誰かには話したのですか」

「ええ。『稲木屋』のおすまさんには話しました」

「おすまさんに？」

「ええ。おすまさんは稽古場のことにかなり興味を持っているみたいでした。いつも、いろんなことをきいてくれるので、うれしくなってべらべら喋っちまいました」

「そうですか。おすまさんにですか」

栄次郎は今まで考えてもいなかったことに思いを巡らせた。

「おすまさんが『稲木屋』で働きだしたのはいつからです？」

「そう、桜の花が咲く頃だったかな。どこぞの桜が見頃だという話をしたように思いますぜ」

「そうですか」

「栄次郎さん、どうかしましたかえ」

「いえ、なんでもありません」

「そういえば、さっき顔を出したとき、おすまさんの姿はなかったな」

六蔵は首を傾げた。

新八のところに行っているのかもしれない。

栄次郎は礼を言い、『稲木屋』に向かう六蔵に別れを告げ、明神下に向かった。

おすまとは午前に新八の長屋で会った。三味線を弾く夜鷹の話を聞いたのはおすまからだった。

夜鷹のおこうは栄次郎がいつか現れることを網代笠の侍赤城十郎太から聞かされていたのだ。

そして、すべてを話すように言いつけられていた。

赤城十郎太は栄次郎をおこうに引き合わせようとした。そのためにまわりくどい方法をとったのは、おこうの話に信憑性を持たせるためであろう。

おすまにどう話を持って行くか考えながら新八の住む長屋にやって来たが、栄次郎はまだ考えがまとまらない。

しかし、おすまが赤城十郎太の仲間だとしたら、新八に近付いた理由もわかるのだ。栄次郎絡みのことを聞き出すには、新八は恰好の相手だ。

そんなことを思いながら、栄次郎は新八の住まいの前に立った。

深呼吸をして、栄次郎は腰高障子を開けた。行灯の仄かな明かりに中に、新八の姿だけが見えた。

新八が顔を向けた。心なしか、虚ろな目に映った。新八の前には夕餉の支度が出来ていたが、新八が箸をつけた様子はなかった。

「新八さん。どうかなさいましたか」

栄次郎は心配してきいた。

「ええ」

新八は元気がない。

ひょっとして、おすまのことかもしれないと思った。

「おすまさんは午前中に来ただけですか」

栄次郎は新八の顔色を窺いながらきいた。

「夕方にもう一度来て、すぐ帰りました」

夕方に帰ったのなら、『稲木屋』に出ていてもいいはずだ。お店にいなかったのはどういうわけだろうか。

「新八さん。おすまさんに何かあったのではありませんか」

「ええ」

力なく頷き、深呼吸をしてから、新八は疲れたような顔を向けた。

「栄次郎さん。おすまさんのところにご亭主が迎えに来たそうです。ようやく探し当てたということです」

「えっ？　ご亭主が？」

酔うと暴力を振るう亭主から逃げ出して来たという話だった。しかし、それは口実に過ぎない。

「いろいろ考えた末、もう一度、ご亭主とやり直すことにしたそうです。それで、お店もやめてご亭主といっしょに帰ることにしたと……」

「そうですか」

栄次郎はなんと答えていいかわからなかった。

おすまは目的を果たしたのだ。もう役目を終えたから、赤城十郎太のもとに引き上げたのだ。

「では、店もやめたのですね」

「ええ、やめたそうです」

「いいひとでしたが……」

そう言ったのは、ほんとうに新八にふさわしい女だと思っていたからだ。まさか、敵の一味だったとは想像さえ出来なかった。

今から思えば、網代笠の侍の仕掛けが中断したように思える時期があった。清水屋李兵衛の一件に首を突っ込んでいるときだった。

再び、網代笠の侍が動きを見せたのは、清水屋李兵衛の件が落着しそうになったあとだった。

その間の仕掛けを、おすまは赤城十郎太に思い止まらせたのではないか。そんな気がしてきた。

「ようやく、足の傷が癒えてきたところでしたが」

新八はぽつりと言った。新たに心の傷が生れたと嘆いているように思えた。

「新八さん。こうなったら、おすまさんの仕合せを祈ってやりましょう」

「ええ、そうですね。おすまさんはほんとうによく面倒をみてくれました」

おすまが赤城十郎太の仲間だったとは新八に言えなかった。

「新八さん。夕餉の支度、おすまさんが？」

「ええ、最後だからとあっしの好物を揃えてくれました」

新八はふと涙ぐんだ。

ほんとうにおすまのことが好きだったのだと思い、栄次郎は胸が衝かれた。

「おすまさんの思いをじっくりかみしめて食事をとってください」

悄然としている新八に言い、栄次郎は土間を出た。

四

翌日の昼前、栄次郎は本郷の屋敷を出て、湯島の切通しを通った。

途中、湯島天神に寄り、拝殿に向かって手を合わせた。いよいよ、網代笠の侍赤城十郎太と決着をつけるときが迫っている。

　そんな気がしていた。その決闘に備えて神仏の加護にすがろうとしたわけではないが、新八やおすまとのことを考えると、何か祈らざるを得ない気持ちになった。

　相変わらず、お参りするひとは多い。栄次郎はようやく拝殿の前から離れた。

　男坂のほうに向かいかけたとき、鳥居のほうから磯平がやって来るのに出会った。

「矢内さま」

　磯平がひとの間をすり抜けて駆け寄って来た。

「磯平親分。あっちからだとすると、ひょっとして？」

「ええ、又蔵たちがいるかと思って矢場に顔を出してみたんですが、最近はあまり遊んでいないって話でした」

「又蔵が何か」

　人込みを避けて、境内の端に寄った。

「矢内さまにもお知らせにあがろうと思っていたのですが、きのう清水屋杢兵衛が無罪放免になりました」

「そうですか。それはよかった。で、清水屋さんの体調は？」

「少しやつれましたが、元気です。じつは、清水屋さんが矢内さまにぜひお礼がしたいと申しております。もし、よろしければそのうち、清水屋に会ってやっていただけないでしょうか」

「礼をされるほどのことはしていません。気になさらないようにお伝えください。ただ、又蔵たちには出来たら礼をしていただけると助かります。これがきっかけで、あの三人もまっとうな道に踏み出すことが出来るかもしれませんので」

「ええ、わかっています。そのつもりで会いに行ったところです」

「そうでしたか。まあ、私のことは気にしないようにお伝えください」

「そうですかえ」

磯平は残念そうに引き下がった。

「では、私はこれで」

栄次郎は磯平と別れ、男坂を下った。

いつものように御徒町を過ぎ、三味線堀の脇を通って浅草黒船町にやって来た。

お秋の家の二階に上がる。お秋がついてきた。

刀を床の間の刀掛けにかけてから、栄次郎は窓辺に寄った。大川からの風が涼しい。

「きのうの急用は片づきました？」

お秋が顔色を窺うようにきいた。

「ええ、だいじょうぶでした」

栄次郎は答えた。

「では、きょうは三味線の稽古が心置きなく出来ますね」

「ええ」

「よかった」

お秋は微笑んだ。

お秋が出て行ったあと、栄次郎は窓の外に目をやった。

木陰で、行商人が休んでいる。渡し船の乗船客に強い陽射しがもろに当たっている。

栄次郎はふと袂に何か違和感を覚えた。はっとして肘を上げて、袂を見た。そして、手で触った。

切られているわけではなかった。ほっとしたが、次の瞬間、おやっと思った。袂がかさばるようだ。

袂に手を突っ込んだ。結び目のある文が入っていた。

どうしてこんなものが……。出がけにはなかった。どこぞで入れられたのだ。まったく気づかなかったことに愕然とした。

背後から近付き、入れられたのだ。考えられるのは湯島天神の拝殿前だ。ひとでごった返していた。だが、あのとき、周囲に網代笠の侍はいなかった。

姿を変えていたのか。たとえ、姿が変わっていたとしても、剣の道を歩む者にとって、まったく気配さえ感じなかったことは落雷を受けたほどの衝撃だった。もし、これが文でなく、刃物であれば栄次郎は殺されていただろう。それほど無防備の状態だった。

網代笠の侍、すなわち赤城十郎太は姿を変え、栄次郎に近付き、袂に文を入れたのだ。その行為はまさに、おまえの命は我が手中にあると告げているのだ。

栄次郎は愕然としながら、封を開いた。そこに、薄い字で何か書いてあった。

明日の夜五つ、不忍池弁天堂裏でお露の霊とともに待つ。

差出人の名は書いていないが、文面にお露の名があることから、赤城十郎太の呼出しであることは明白だ。

ついに、十郎太が意志を見せた。文面にお露の名があるのは、差出人が十郎太であることを暗示しているわけではない。十郎太であることは、気づかれぬうちに袂に入れた手腕からも察せられる。

では、なぜ、お露の名を記したのか。これは十郎太と栄次郎のふたりだけの問題であると訴えかけているのだ。

つまり、ひとりで来いということだ。いうまでもないことだ。栄次郎は他人を巻き込む気はまったくない。

十郎太と相対する。勝てるだろうか。栄次郎は首を横に振った。袂を切られたり、文を入れられたりと、相手は気配をまったく消せるのだ。

殺気という気を出さずに剣を振るうことが出来る。栄次郎はその気を感じて体が反応をするのだ。その気が発しないのであれば、常に相手の動きを見つめていなければならない。だが、相手が動いたときではもう遅いのだ。気を感じたとき、こっちも動く。そこに勝機があるのだ。

だが、赤城十郎太の場合には気を感じることはないのだ。ただ、勝機があるとすれば……。栄次郎は大きく息を吐いた。

手掛かりは吉右衛門師匠だ。相手の胸の鼓動をきく。相手がいくら修練により気を消す技を身につけたとしても、生きている限り、胸の鼓動は鳴り続けている。

師匠はその鼓動を聞いたのだ。それこそ、天才的な耳の能力を持った師匠だから出来ることであって、栄次郎に出来るわけではなかった。

だが、胸の鼓動を聞かない限り、栄次郎に勝ち目はない。

栄次郎は三味線を持った。構えてから、深呼吸をする。そして、己の心の臓の脈打つ音を聞こうとした。

意識を集中しているとなんなく胸の鼓動が肌に伝わり、耳にも届くような錯覚がしてきた。その鼓動に合わせて撥を振りおろした。

しかし、三味線の音とともに、心の臓の脈打つ音は聞こえなくなった。もう一度、栄次郎は呼吸を整え、糸を弾きはじめた。

だが、すぐに撥を持つ手を止めた。心の臓の音は聞こえない。同じことを何度もくり返した。

部屋の中が暗くなった頃には、栄次郎はぐったりした。

己のさえ聞けないのに、ましてや他人の心の臓の脈打つ音など聞こえるはずはない。

栄次郎は大きくため息をついた。

お秋が行灯の明かりをつけに来た。引き上げかけて、お秋が声をかけた。

「栄次郎さん。きょうの三味線、なんだかいつもと違いますね。どうして？」

「苦手なところを重点的に稽古をしているんです」

栄次郎はわざと明るく弁明した。

「今夜は崎田さまはいらっしゃるのですか」

「ええ、来ます。何か」

「いえ、きょうはなんだか崎田さまとお酒を酌み交わしたいと思いましてね」

「そう……」

お秋が怪訝そうな顔をした。いつもの栄次郎と様子が違うと、感じているのかもしれない。

「では、支度が出来たら声をかけてください」

「わかりました」

お秋が出て行った。

栄次郎は気を引き締めて、もう一度、三味線を構えた。そして、胸の鼓動に合わせて撥を振りおろした。

同じ作業を何度もくり返した。

「栄次郎さん。支度が出来ました。どうぞ」

お秋が呼びに来た。

栄次郎は落胆のため息とともに三味線を片づけた。

階下に行くと、孫兵衛が来ていた。

「おう、矢内どの。さあ、一献傾けよう」

孫兵衛は機嫌がよかった。

栄次郎もしいて明るく、

「いただきます」

と、応じた。

栄次郎はいつになく饒舌だった。

あっという間に時が過ぎた。

「そろそろ失礼いたします。きょうもとても楽しゅうございました」

栄次郎は孫兵衛に礼を言った。今生《こんじょう》の別れになるかもしれないと思うと、胸が塞がれそうになった。

栄次郎はお秋の家を引き上げた。

翌朝、東の空が白みはじめた頃、寝床を出た栄次郎は刀を持って庭に出た。

枝垂れ柳の前に、自然体で立った。素振りを何度もくり返した。

朝餉が終わったあとで、栄次郎は仏間に行った。

仏前で手を合わせていると、母がやって来た。

「栄次郎。どうしました？」

母が意外そうな顔できいた。

「たまには父上とお話しがしたいと思いましてね」

亡き父に線香を手向《たむ》けることも目的だったが、栄次郎のほんとうの狙いは母と話すことだった。

ただ、自分から母に会いに行くと、不審がられる。そこで、栄次郎は仏間に行ったのだ。仏壇の前に向かっていれば、母がやって来るだろうと思った。

「母上、お体のほうはいかがですか」

栄次郎が訊ねると、母は訝しげに小首を傾げ、

「どこも悪いところはありません」

「それはよございました」

栄次郎は微笑んだ。

「栄次郎。どうかしましたか」

母が不審そうな顔をした。

「どうしてですか」

「いいえ、仏前に自ら座ったり、私の体のことを心配してくれたり」

「いいえ、いつも母上のことは気にかけております。きょうに限ったことではありませ

ん」

「そうですね」

「いつも孝行したいと思いつつ、何もして差し上げられず心苦しく思っております」

「栄次郎」

母の顔がきっとなった。

「何か母に隠しておりますね」

「いえ、何も」

「いつぞやも見かけぬ着物を外出先から着てきました。ひょっとして、あなたにはどこぞに親しい女子がいるのではありませぬか」

「いえ」

母は誤解している。しかし、今はその誤解に救われたような気がする。

「母上。この件は改めてお話しいたします。きょうのところはこれで」

「これ、栄次郎」

母の声を聞き流し、栄次郎は逃げるように部屋を出て行った。

それから、兄の部屋に行った。

「じつは前々からお渡ししようと思いつつ、つい渡しそびれておりました。これを」

栄次郎は懐紙に包んだ小判を差し出した。

「なんだ、これは？」

兄はちらっと目をやってから不機嫌そうにきいた。

「じつは先月、ある会に出たときにいただいた御祝儀なんです。私は使いませんので兄上に使っていただこうと思いまして」

「栄次郎。そのようなことをするではない」

「はっ、申し訳ございません。でも、私には無用の長物でございますから」

「うむ。そなたが、それほど申すならもらってやらねばならぬが」

そう言い、兄は懐紙の包に手を伸ばした。

「では、兄上。私はこれで」

頭を下げて立ち上がったとき、

「待て、栄次郎」

と、兄が呼び止めた。

「いつも以上の額。これはなんとしたことぞ」

いつもはだいたい一両だが、きょうは三両入っていた。兄が驚くのは無理もない。

「兄上。たまたま実入りがよかったからです。どうぞお気になさらず」

何か言いたそうだった兄に黙礼で別れを告げ、栄次郎は部屋に戻った。

部屋の中はきれいに整頓をし、持ち物も整理をした。

そして、しばし部屋の中で瞑想をした。二度と、この部屋に戻れぬかもしれぬ。そう思うと、この部屋がいとおしくなった。

四つ（午前十時）前に、栄次郎は屋敷を出た。そして、門を出たところで振り返り、深々と礼をした。

住み慣れた我が家との永久の別れとなる。その覚悟で、屋敷とも別れを告げた。

栄次郎は本郷通りを行き、神田明神の前を通り、明神下にやって来た。

今度は新八に別れを告げるつもりだった。長屋に入り、新八の家に行った。新八はひとりで壁に寄り掛かり、立ち上がる稽古をしていた。

「栄次郎さん」

新八が苦しそうな顔を向けた。まだ、立ち上がるのは無理なようだ。

「無理をしないでください」

「ええ。だいじょうぶです。ただ、力を入れると、少し痛みが」

新八は苦笑した。

栄次郎はそこで四半刻（三十分）ほどを過ごした。

「では、私は行きます。新八さん、お稽古をはじめてください」

「わかりました。でも、栄次郎さん。きょうはなんだかいつもと……」

新八が不審そうな顔をした。

「新八さん、ではまた」

栄次郎は新八にも別れを告げ、元鳥越町の師匠の家に向かった。

来月の『市村座』は出演できないだろう。師匠に迷惑をかけることになる。そのことが心苦しかった。

師匠の家に行くと、まだ他の弟子は来ていなかった。

栄次郎は見台をはさんで師匠と向かい合った。

「安吉さんのことでは吉栄さんやおゆうさんにご迷惑をおかけしました。申し訳ありませんでした」

師匠が頭を下げた。

「とんでもない。師匠には何の責任もありません」

「いや、あのような男を弟子入りさせたことは私の不徳のいたすところです。でも、吉栄さんのおかげで事なきを得て安心しました」

おゆうから報告を聞いたようだ。

その後、稽古に入り、栄次郎は一心不乱に三味線を弾いた。この世の弾き納めかもしれないのだ。

弾き終えたあと、師匠が感嘆したような声を上げた。

「吉栄さん。音に魂が籠もっておりました。すばらしい音です」

「恐れ入ります」

その言葉を餞《はなむけ》のように聞いた。

「ここまで来られたのも師匠のご指導のたまものでございます。改めてお礼を申し上げます」

栄次郎の言葉に、師匠は困惑したような表情をした。

ちょうど格子戸の開く音がしたのをきっかけにして、栄次郎は師匠の前から離れた。

それから、浅草黒船町のお秋の家に行った。栄次郎はそこで三味線を思う存分弾いた。

出来たら、岩井文兵衛にも会っておきたかった。栄次郎の糸で、文兵衛に唄ってもらいたかった。

夕暮れて来た。栄次郎は湯漬で早めの夕餉をとり、用事があるからと暮六つ（午後六時）の鐘を聞いてからお秋の家を出た。

夜道を不忍池を目指した。武家地を抜けて、山下に出て不忍池のほうに足を向けた。まだ、時間は十分にある。

栄次郎は弁天堂の鳥居をくぐり、常夜灯の明かりに導かれるように参道を行く。

夕涼みをかねた参拝客が多い。池の辺《ほとり》の暗がりにも男女の姿があった。栄次郎は弁天堂の裏手に行った。

池の辺まで行くとほとんどひと影はなかった。まるで死角のような場所だ。決闘をするのに邪魔の入らない恰好な場所といえた。

約束の五つ（午後八時）まで、半刻（一時間）あった。

栄次郎は池の辺に立った。水鳥か、水の音がした。対岸には料理屋や出合茶屋の明かりが灯っている。

遠い過去のものとなっていたお露のことを、このような形で思い出されるとは想像も出来なかった。

ただ、お露に人生を狂わされた男がまだいたことに驚きを禁じ得なかった。そして、その男が栄次郎をお露の敵として狙っている。栄次郎にとって理不尽なことだが、赤城十郎太にとってはそれでしか心の整理をつけることが出来なかったのかもしれない。

栄次郎は水音を聞いた。木の葉の揺れる音もする。どのくらい時が経ったろうか。

何気なく振り返った栄次郎は愕然とした。

すぐ近くに網代笠の侍が立っていたのだ。

「赤城十郎太どのか」

栄次郎は声をかけた。

「矢内栄次郎。とうとうこの日が来た」

陰にこもった声だ。耳をそばだてないと聞きづらい。

「どうしても、私をお露さんの敵として討つつもりですね」

「そなたの刃によってお露が死んだのは間違いない」

「言い訳をするつもりはありませんが、どの道、殺し屋を続けてきたお露さんに助かる道はありませんでした。ならば、私の手で成仏させてやるのが最善だと思いました」

「どんな理由も通用せぬ」

「お露さんが今も生きていたら、あなたはどうするつもりだったのですか。自分の一生を目茶苦茶にしたお露さんにまだ未練を持って……」

「そなたと話し合う気はない」

くぐもった声で言い、赤城十郎太は網代笠をとった。その顔を見て、栄次郎ははっとした。顔の肉はすべてそぎ落とされて頰は窪み、頰骨が鋭く突き出ている。人間の顔とは思えなかった。まるで、幽鬼だ。

十郎太は静かに剣を抜いた。眼窩が暗く、そこに目があるようには思えなかった。青眼《せいがん》に構えた十郎太から何の気配も感じられない。

気・剣・体が一体となり、気を充実させる。剣術はそういうものだと思っていたが、十郎太にはまったくこの考えは通用しないようだ。

栄次郎の目からはただそこに枯れ木が立っているとしか見えなかった。いつでも斬り込める。そんな気さえ起こさせる。

だが、その考えが間違いだと気づかされるのはいつの間にか間合いが詰まっていたからだ。どうやって進んで来たのか、まったくわからない。音さえさせない。

十郎太が青眼に構えた剣がだんだん大きくなる。相変わらず、十郎太から気は発せられない。

無意識のまま打ち込まれた剣をかわすことはほとんど不可能だ。栄次郎は左手で鯉口を切った。

このままでは斬られる。恐怖心が最高潮に達した。死を覚悟した。栄次郎は開き直ったように刀から手を離した。そして、再び自然体に立った。

風の音、水音がする。それらの音を耳から排除し、栄次郎は自分の胸の鼓動を聞こうと集中した。

自然に目が閉じた。栄次郎は自分の胸の鼓動を聞くことだけに専心した。やがて、水鳥が作る水音も、風が揺らす木の葉の音も消えた。

栄次郎は自分の胸の鼓動を聞いた。微かに感じる脈打つ音。聞こえているというより、体が感じているのだ。だが、栄次郎には自分の耳に聞こえていると思った。

その胸の鼓動に合わせて乱れた別の鼓動が聞こえていた。その鼓動が激しくなった。

その瞬間、栄次郎は無意識のうちに剣を抜いていた。

栄次郎は静かに目を開けた。

足元に、十郎太が倒れていた。

「十郎太どの」

栄次郎は十郎太の肩を抱え起こした。

「なぜ、なぜ、俺の動きがわかったのだ?」

苦しい息の下から、十郎太がきいた。

「わかりません。ただ」

栄次郎は戸惑いながらきいた。

「あなたの胸の鼓動が聞こえたような気がしたのです。あなたの心の臓の脈打つ音を聞いたような」

「心の臓の脈打つ音か」

十郎太は聞き取りにくい声で続けた。

「俺はやはり生きていたのか」

自嘲ぎみな声に、栄次郎は問いかける。

「どういうことですか」

「俺は病気でもうとっくに死んでいてもいいはずだった。それがきょうまで生き長らえたのはそなたを討つ、そのことだけのためだ」

十郎太は必死に喋ろうとしている。

「俺は剣客として、己の気配を消して相手を斬る音無しの剣法を編み出そうとした。だが、いくら修練を積んでも会得出来なかった。が、死が身近に迫ったとき、気配を消して自分自身を影にすることが出来た。それを確かめるために、そなたの着物の袂を切った。さらに、そなたの兄と坂本東次郎の袂を切った……」

死んだ人間だから気配を消せたのだと栄次郎は思った。まさに、幽鬼だ。

「俺の音無し剣は完全だと思っていた。その敗れた原因が俺の心の臓の脈打つ音だったとは……」

十郎太の息が絶えた。

ほんとうに十郎太の脈打つ音が聞こえたのかどうわからない。ただ、自分の胸の鼓動が激しくなったのは事実だ。

そのとき、とっさに体が反応した。自分でも相手を斬ったという感覚はなかった。

そのとき、黒い影が現れた。女のようだった。

「おすまさん」

「はい」

素直に頷き、おすまはよろけるように倒れている十郎太に近付いた。

そして、傍らにしゃがみ込んで、じっと十郎太の亡骸を見つめた。

「あなたは十郎太どのとはどのような?」

「お露さんに頼まれ、病気になった十郎太さまの身のまわりの世話を……」

おすまの声が途切れ、嗚咽を漏らした。

落ち着くのを待ってから、栄次郎は言葉をかけた。

「あなたにとってはとても大切なお方だったのですね」

「でも、もう死期を悟っていました。矢内さまを倒さない限り、あの世に行っても、お露さんに会えないと言ってました。でも、私にとっては、これでよかった。あの世でも、もう二度とお露さんとは会って欲しくなかったからです」

おすまはほんとうに十郎太のことが好きだったようだ。だから、十郎太のために働いて来たのだろう。

「お露さんとはどうして知り合ったのですか」

「私は小田原で料理屋の女中をしていました。私の亭主は道楽者で、働かず、呑んだくれの乱暴者でした。新八さんに話したのはほんとうだったのです。酔っぱらった亭主の乱暴から逃げて家を飛び出したときに、通り掛かった門付け芸人のお露さんと辰三に助けてもらいました。それからしばらくして、お露さんから話を持ちかけられたのです。亭主のことはなんとかするから病人の世話をしてくれないかと」

「ひょっとしてご亭主は？」

「川にはまって死にました。ふたりが亭主を始末してくれたんです」

「そうですか。で、その病人が赤城十郎太だったのですね」

「はい。お露さんは辰三さんというひとがいるのに十郎太さまと愛し合っていたんです。

十郎太さまには兄だと言っていたようです。でも、病気になってから、お露さんは十郎太さまを捨てたのです。私に押しつけて」

「しかし、あなたは世話をするうちに十郎太どのへの思いが募っていった?」

「はい。でも、十郎太さまにはお露さんしかいませんでした。お露さんが江戸で死んだという噂を聞いたとき、顔つきが一変しました。それから、矢内さまへの復讐に燃えていたようです」

「あなたは、その手助けをしたのですね」

「はい。息を引き取るまで世話をするというのがお露さんとの約束でしたし、十郎太さまをひとりで江戸にやるわけにはいかなかったのです」

「これから自身番に届けます」

栄次郎は言った。

「はい。私はお役人のお取り調べが済んだら、十郎太さまを連れて小田原に帰ります」

「そうですか」

「どうぞ、新八さんには私のことは内密に。新八さんを騙して申し訳なく思っています」

「わかりました」

「もし、小田原に帰って落ち着いたら江戸に戻って来ませんか。新八さんも喜ぶと思います」

「ありがとうございます」

おすまは涙ぐんで言った。


翌日の朝、母が栄次郎の顔を見るなり、安心したように言った。

「どうやら、憑《つ》き物がとれたようですね」

「憑き物？」

「ええ、あんたの顔は亡霊にとりつかれているようでした」

「そうでしたか。すみません。ご心配をおかけしました」

「いいえ。その顔。栄之進に見せましたか」

「いえ、兄上にはまだお会いしていません」

「ならば、すぐ行ってきなさい」

「はい」

栄次郎は兄の部屋に急いだ。

その日の午後、栄次郎は磯平に連れられて、『清水屋』にやって来た。

本来なら清水屋杢兵衛から挨拶に出向くべきですが、ぜひ矢内さまに『清水屋』に来ていただきたいので、という磯平の誘いだった。

『清水屋』の裏手に行くと、奉公人が大八車から荷をおろして土蔵に運んでいるところだった。

荷を運んでいた奉公人のひとりが栄次郎に気づいて近寄って来た。

「あっ、又蔵さんじゃありませんか」

栄次郎は驚いてきいた。

その後ろから、ふたりの弟分もやって来た。額から汗が流れ出ている。

「ときたま、『清水屋』に働きに来ているんですよ。力仕事なら得意なんでね」

「それはいい」

「じゃあ、まだ仕事がありますんで」

又蔵たちは持ち場に戻って行った。

「清水屋の旦那は、働きぶり次第では、正式に雇ってもいいと仰ってます。又蔵たちが、堅気の暮らしについていけるかが問題ですが」

磯平が又蔵たちに目をやりながら言った。

「なかなかしっかりやっているようではありませんか」

「まあ、今のところはね」

磯平は笑った。

そこに清水屋李兵衛が駆け寄って来た。

「このたびは助けていただきありがとうございました」

「いいえ、私の力ではありません」

「いいえ、矢内さまがいらっしゃらなければ、私はどうなっていたか」

李兵衛は何度も頭を下げた。


その夜、両国の川開きで、栄次郎はおゆうといっしょにお秋の家の二階から夜空に打ち上がる花火を見た。

ようやく足を引きずりながらだが、歩けるようになった新八もここに来ていた。だが、その横顔が寂しそうだった。おすまのことが忘れられないのだろう。

また、打ち上がった。夜空に大輪の花が咲いた。

生きている。栄次郎は生きている自分が不思議だった。あのとき、自分はほんとうに十郎太の胸の鼓動が聞こえたのだろうか。自分の胸の鼓動だったのか。だとしたら、なぜ十郎太が音無しの剣で迫ったとき、何に反応して自分の胸の鼓動が早まったのか。

結局、わからなかった。

また雷鳴のような音が鳴り響いた。

おゆうのはしゃぐ声が聞こえた。いつの間にか、お秋も窓辺に並んで上がる流星を眺めていた。

時代小説
二見時代小説文庫

秘剣《ひけん》 音無《おとな》し 栄次郎江戸暦《えいじろうえどごよみ》11

著者 小杉健治《こすぎけんじ》

発行所 株式会社 二見書房
東京都千代田区三崎町二―一八―一一
電話 〇三―三五一五―二三一一［営業］
〇三―三五一五―二三一三［編集］
振替 〇〇一七〇―四―二六三九

印刷 株式会社 堀内印刷所
製本 ナショナル製本協同組合

落丁・乱丁本はお取り替えいたします。
定価は、カバーに表示してあります。

 ISBN978－4－576－13141－2
http://www.futami.co.jp/

二見時代小説文庫

栄次郎江戸暦　浮世唄三味線侍

小杉健治［著］

吉川英治賞作家の書き下ろし連作長編小説。田宮流抜刀術の達人矢内栄次郎は部屋住の身ながら三味線の名手。栄次郎が巻き込まれる四つの謎と四つの事件。

間合い　栄次郎江戸暦2

小杉健治［著］

敵との間合い、家族、自身の欲との間合い。一つの印籠から始まる藩主交代に絡む陰謀。栄次郎を襲う凶刃の嵐。権力と野望の葛藤を描く傑作長編小説。

見切り　栄次郎江戸暦3

小杉健治［著］

剣を抜く前に相手を見切る。過てば死…。何者かに襲われた栄次郎！ 彼らは何者なのか？ なぜ、自分を狙うのか？ 武士の野望と権力のあり方を鋭く描く会心作！

残心　栄次郎江戸暦4

小杉健治［著］

吉川英治賞作家が〝愛欲〟という大胆テーマに挑んだ！ 美しい新内流しの唄が連続殺人を呼ぶ……抜刀術の達人で三味線の名手栄次郎が落ちた性の無間地獄

なみだ旅　栄次郎江戸暦5

小杉健治［著］

愛する女を、なぜ斬ってしまったのか？・三味線の名手で田宮流抜刀術の達人矢内栄次郎の心の遍歴……吉川英治賞作家が武士の挫折と再生への旅を描く！

春情の剣　栄次郎江戸暦6

小杉健治［著］

柳森神社で発見された足袋問屋内儀と手代の心中死体。事件の背後で悪が哄笑する。作者自身が〝一番好きな主人公〟と語る吉川英治賞作家の自信作！

神田川斬殺始末　栄次郎江戸暦7

小杉健治［著］

三味線の名手にして田宮流抜刀術の達人矢内栄次郎が連続辻斬り犯を追う。それが御徒目付の兄栄之進を窮地に立たせることに……兄弟愛が事件の真相解明を阻むのか！

明《あけ》烏《がらす》の女　栄次郎江戸暦8

小杉健治［著］

栄次郎は深川の遊女から妹分の行方を調べてほしいと頼まれる。やがて次々失踪事件が浮上し、しかも自分の名で女達が誘き出されたことを知る。何者が仕組んだ罠なのか？

火《か》盗《とう》改《あらた》めの辻　栄次郎江戸暦9

小杉健治［著］

栄次郎は師匠の杵屋吉右衛門に頼まれ、兄弟子東次郎宅を訪ねるが、まったく相手にされず疑惑と焦燥に苛まれる。東次郎は父東蔵を囲繞する巨悪に苦闘していた……

大《おお》川《かわ》端《ばた》密会宿　栄次郎江戸暦10

小杉健治［著］

〝恨みは必ず晴らす〟という投げ文が、南町奉行所筆頭与力の崎田孫兵衛に送りつけられた矢先、事件は起きた。しかもそれは栄次郎の眼前で起きたのだ！

かぶき平八郎荒事始　残月二段斬り

麻倉一矢［著］

大奥大年寄・絵島の弟ゆえ、重追放の咎を受けた豊島平八郎は八年ぶりに江戸に戻った。溝口派一刀流の凄腕を買われて二代目市川團十郎の殺陣師に。シリーズ第1弾

公《く》事《じ》宿《やど》 裏始末　火《か》車《しゃ》廻る

氷月 葵［著］

理不尽に父母の命を断たれ、名を変え江戸に逃れた若き剣士は、庶民の訴証を扱う公事宿で絶望の淵から浮かび上がる。人として生きるために……。新シリーズ！

二見時代小説文庫

山峡の城　無茶の勘兵衛日月録

浅黄 斑［著］

藩財政を巡る暗闘に翻弄されながらも毅然と生きる父と息子の姿を描く著者渾身の感動的な力作！　本格ミステリ作家が長編時代小説を書き下ろし

火蛾《かが》の舞　無茶の勘兵衛日月録2

浅黄 斑［著］

越前大野藩で文武両道に頭角を現わし、主君御供番として江戸へ旅立つ勘兵衛。だが、江戸での秘命は暗殺だった……！　人気シリーズの書き下ろし第２弾！

残月の剣　無茶の勘兵衛日月録3

浅黄 斑［著］

浅草の辻で行き倒れの老剣客を助けた「無茶勘」こと落合勘兵衛は、凄絶な藩主後継争いの死闘に巻き込まれていく……。好評の渾身書き下ろし第３弾！

冥暗《めいあん》の辻　無茶の勘兵衛日月録4

浅黄 斑［著］

深傷を負い、床に臥した勘兵衛。一方、彼の親友の伊波利三は、ある諫言から謹慎処分を受ける身に。暗雲が二人を包み、それはやがて藩全体に広がろうとしていた。

刺客の爪　無茶の勘兵衛日月録5

浅黄 斑［著］

邪悪の潮流は、越前大野から江戸、大和郡山藩に及び、やがて苦悩する落合勘兵衛を打ちのめすかのように更に悲報が舞い込んだ。大河ビルドンクス・ロマン第５弾！

陰謀の径《みち》　無茶の勘兵衛日月録6

浅黄 斑［著］

次期大野藩主への贈り物の秘薬に疑惑を持った江戸留守居役松田と勘兵衛は、その背景を探る内、迷路の如く張り巡らされた謀略の渦に呑み込まれてゆく……！

報復の峠
浅黄 斑［著］

無茶の勘兵衛日月録7

越前大野藩に迫る大老酒井忠清を核とする高田藩と福井藩の陰謀、そして勘兵衛を狙う父と子の復讐の刃！ 正統派教養小説の旗手が贈る激動と感動の第7弾！

惜別の蝶
浅黄 斑［著］

無茶の勘兵衛日月録8

越前大野藩を併呑せんと企む大老酒井忠清。事態を憂慮した老中稲葉正則と大目付大岡忠勝が動きだす。藩御耳役・勘兵衛の新たなる闘いが始まった……！

風雲の谺《こだま》
浅黄 斑［著］

無茶の勘兵衛日月録9

深化する越前大野藩への謀略。瞬時の油断も許されぬ状況下で、藩御耳役・落合勘兵衛が失踪した！ 正統派教養小説の旗手が着実な地歩を築く第9弾！

流転の影
浅黄 斑［著］

無茶の勘兵衛日月録10

大老酒井忠清への越前大野藩と大和郡山藩の協力密約が成立。勘兵衛は長刀「埋忠明寿」習熟の野稽古の途次、捨子を助けるが、これが事件の発端となって…

月下の蛇
浅黄 斑［著］

無茶の勘兵衛日月録11

越前大野藩次期藩主廃嫡の謀略が進むなか、勘兵衛は大目付大岡忠勝の呼び出しを受けた。藩随一の剣の使い手である勘兵衛に、大岡はいかなる秘密を語るのか…！

秋蜩《ひぐらし》の宴
浅黄 斑［著］

無茶の勘兵衛日月録12

越前大野藩の御耳役・落合勘兵衛は、祝言のため三年ぶりの帰国の途に。だが、そこに待ち受けていたのは五人の暗殺者……！ 苦闘する武士の姿を静謐の筆致で描く！